KB114717

王侯將相

왕후장상

전혁 新무협 판타지 소설

FANTASTIC ORIENTAL HEROES

왕후장상 2

전혁 新무협 판타지 소설

초판 1쇄 찍은 날 § 2014년 9월 22일
초판 1쇄 펴낸 날 § 2014년 9월 30일

지은이 § 전혁
펴낸이 § 서경석

편집부장 § 권태완
편집책임 § 박가연
디자인 § 신현아

펴낸곳 § 도서출판 청어람
등록번호 § 제387-1999-000006호
등록일자 § 1999. 5. 31
어람번호 § 제2-2530호

주소 § 경기도 부천시 원미구 부일로 483번길 40 서경B/D 3F (우) 420-822
전화 § 032-656-4452 팩스 § 032-656-4453
http://www.chungeoram.com
E-mail § chungeorambook@daum.net

ISBN 978-89-251-9215-8 04810
ISBN 978-89-251-9213-4 (세트)

目次

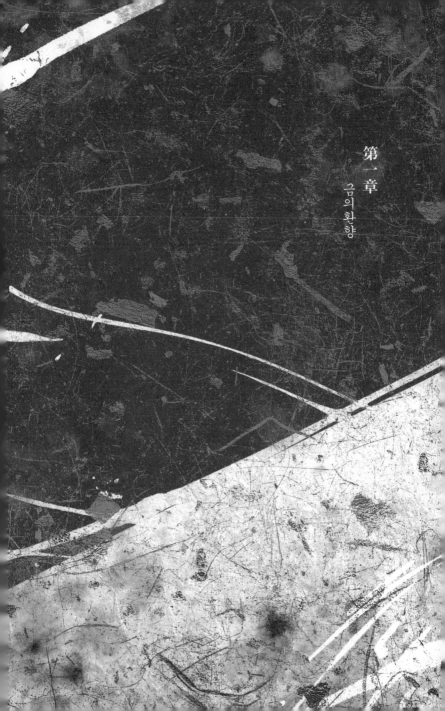

第一章

금의 환향

一

"아함!"

기무결이 가볍게 기지개를 켜며 관아에서 나왔다. 참고인
자격으로 조사를 마치고 나오는 길이었다. 그의 옆에는 화은
설이 아무 말 없이 기무결의 뒤를 따르고 있었다.

기무결은 동영 인자들의 화전민 마을을 재기 불능 상태로
만든 다음 화은설과 도소연을 구해서 산을 내려왔다.

처음에는 그 길로 영영과 합류해서 무림맹으로 복귀할 생
각이었다.

하지만 이미 송가장에서 인질로 잡혀 있었던 연회장 손님
들이 관아에 달려가 인신매매단 신고를 하면서 일대가 발칵

뒤집어진 상태였다.

때마침 형소일은 관병들과 함께 일대를 수색하고 있던 중이었다. 그때 산을 내려오던 기무결 일행과 만나고 감격적인 해후가 이루어졌다.

"기 공자 덕분입니다. 연 매의 목숨을 구한 것은 물론 우리 부부의 결백도 증명하게 되었으니 이 은혜를 어떻게 갚아야 할지……."

형소일과 도소연 부부는 몇 번이고 허리를 조아리며 기무결에게 감사의 인사를 전했다.

"헛헛! 운이 좋았을 뿐이지 은혜라니 당치도 않습니다. 대신 관아에서 조사를 하면 반드시 소생이 구한 것이 아니라 화은설이라는 여인이 구해주었다고 대답해 주십시오. 그게 은혜에 보답하는 것입니다."

"그건 이미 시키는 대로 하긴 했는데……. 왜 군이 기 공자가 한 일을 다른 사람이 한 것으로 해야 하는지 모르겠군요."

"후훗! 자고로 오른손이 한 일을 왼손이 모르게 하라는 말도 있지 않습니까? 소생은 이름을 얻는 건 관심이 없습니다."

"정말 기 공자야말로 대인이십니다."

형소일이 어찌 기무결의 사정을 알겠는가?

기무결은 지금 대내외적으로 신분이 알려지면 안 되는 상황이었다. 일개 하인이 인신매매단을 궤멸시킨 것도 부족해서 동영의 인자들의 거처를 찾아내고 재기 불능으로 만들었다면 누가 믿으려 하겠는가?

아마 지나가는 개도 그의 신분을 의심하고 정체를 밝히려 들 것이 뻔했다.

그래서였다.

그는 형소일 도소연 부부는 물론이고 인질로 잡혀 있었던 연회장 손님들에게도 도움을 청했다. 그들이야 기무결 때문에 살아난 목숨들이니 이해하기 어렵긴 해도 못 들어줄 일도 아니었다.

결국 그들은 처음에는 남자가 구해주었다고 관아에 진술을 했다가 나중에 여자가 구해주었다고 번복하는 웃지 못할 풍경을 만들고 말았다.

그리고 마지막으로 화은설의 도움이 필요했다.

화은설은 일단 기무결의 뜻에 순순히 따라주었다.

하지만 어느 정도 사건이 안정이 되자 날카로운 눈빛으로 기무결을 노려보며 소리쳤다.

"네 진실한 정체가 뭐지?"

화은설이 기무결을 다그쳤다.

그녀는 기무결이 신분을 속이고 무림맹에 잠입한 마도의 고수라고 생각하고 있었다. 그동안 기무결에게 감쪽같이 속았다는 것을 생각하면 농락당한 기분을 지울 수 없었다.

"좋습니다, 사실대로 말을 하죠."

기무결은 밤새 고민하고 생각해 두었던 것들을 말하기 시작했다.

"휴우! 이것 참, 말을 꺼내기가 어렵군요. 그렇다고 말을
하지 않을 수도 없는 노릇이고……."

"그래서 그게 뭐냐니까?"

"소생이 하인으로 위장 잠입한 이유는 아버지를 찾기 위해
서였습니다."

"뭐, 뭐라고?"

화은설이 황당한 표정으로 기무결을 쳐다보았다. 전혀 생
각지도 못했던 말에 어안이 벙벙할 지경이었다.

"아니, 엄밀하게 말하면 복수하고 싶은 마음이 더 컸던 것
같군요."

"그건 또 무슨 소리야? 아버지는 뭐고, 난데없이 복수라
니?"

"아버지란 자는 명예를 위해 어머니와 저를 버렸습니다.
그 잘난 무림맹의 고수라는 명예 말입니다."

"명예?"

"소, 소생은… 혼외 자식입니다. 그 작자는 가정이 있었던
것이죠. 그걸 숨기고 어머니와 만났던 것이구요."

"마, 말도 안 돼! 무림맹에 그런 파렴치한 자가 있단 말이
야?"

"어머니는 단 한 번도 그자를 원망하지 않더군요. 오히려
그 무정한 작자를 그리워하다 끝내 병이 들어 죽고 말았습

니다."

주르륵!

기무결이 눈물을 흘렸다.

정말 자신이 생각해도 소름이 끼치는 연기력이었다.

그 잠깐의 시간 안에 이 정도의 거짓말을 생각할 수 있는 사람은 천하에서 기무결 한 명밖에 없을 것이었다.

아버지에게 버림받은 어머니와 아들!

이는 모성애를 자극하기에 충분했다. 더구나 어머니가 불쌍하게 살다가 죽었다면 더 이상 긴말이 필요 없었다.

하지만 아직 설명해 줘야 할 것이 많이 남아 있었다. 설정을 잘 짜야만 가능한 일이었다. 자신이 생각해도 겨우 이것만으로 믿어달라고 하면 절대 믿지 않을 게 뻔했다.

한데 이게 웬걸?

화은설이 심각한 표정으로 말했다.

"혹시 네가 말하는 아버지란 사람이 기해극이라는 사람이야?"

"예?"

"무림맹에는 기씨 성을 가진 사람은 기해극 장로 한 사람뿐이거든."

흠칫!

기무결이 잠시 멈칫거렸다.

'기, 기씨 성의 인간이 있었단 말이야?'

원래 기씨 성을 가진 사람은 그리 흔치 않았다. 당연히 무림맹에도 기씨 성을 가진 사람이 없어야 정상이었다. 그렇다고 이상한 건 아니었다. 기무결은 자신의 성은 어머니 쪽을 따랐다고 얘기하려던 참이었다.

그리고 어머니가 아버지 이름을 알려주지 않았다고 시치미를 뗄 생각이었다. 이름을 말해주면 당장 확인이 가능하기 때문이었다.

한데 그게 시작부터 꼬이고 있었다.

화은설이 연신 고개를 갸웃거리며 말했다.

"그것참, 이상한 일이네. 기해극 아저씨는 누구보다 청렴하고 정직해서 혼외 자식을 둘 수 있는 그런 분이 절대 아닌데."

"그, 그게……."

기무결도 이때만큼은 말문이 막히고 말았다. 여기에서 기해극이 아니라고 하기에도 애매한 상황이었다.

화은설은 그의 거짓말을 어느 정도 믿는 것 같았다. 일단 지금 당장 위기는 벗어나긴 했지만, 만에 하나 기해극에게 확인이라도 하는 날에 큰일이었다.

기무결은 이 일은 개인 가정사이니 절대 화은설이 개입하지 말아달라고 몇 번이나 신신당부해야 했다.

"이제 두 분과 작별을 해야겠군요. 형 공자는 열심히 공부해서 다음 과거 시험에 꼭 합격하시기 바랍니다."

"연 매와 오래도록 행복하게 살려면 당연히 그래야지요."

형소일의 표정은 그 어느 때보다 결연했다. 이번 사건을 겪으면서 자신의 인생을 다시 한 번 돌아보고 많은 것을 깨달은 모양이었다.

형소일이 화은설을 힐끔 돌아보더니 기무결의 귀에 대고 속삭였다.

"두 분도 부디 결혼하면 다투지 말고 서로 행복하게 사십시오."

기무결은 두 팔을 내저으며 말했다.

"뭔가 오해를 하신 모양인데, 우리는 그런 사이가 아닙니다."

"예? 두 분 서로 사랑하는 연인 사이 아니었습니까?"

목숨을 걸고 그 무서운 인신매매단과 살수 집단과 싸운 이유가 화은설을 구하기 위해서라는 것을 알고 있었다. 사랑하는 사이가 아니라면 그렇게 할 수가 있는지 의문이었다.

"그럼, 두 분은 무슨 사이입니까?"

"글쎄요. 마부와 아가씨 사이라고나 할까요?"

"예에?"

二

교실 안은 그야말로 충격과 경악에 휩싸였다.

아무도 말을 하는 사람이 없었다. 제갈사란은 얼굴에 경련이라도 일어난 듯 푸들푸들 떨고 있었다. 그나마 학인준만이 밝은 표정으로 고소를 짓고 있었다. 그건 일대 사건이 아닐 수 없었다.

어찌 그렇지 않겠는가?

담당 선생의 입에서 그야말로 충격적인 말이 흘러나왔으니 말이다.

"화은설은 인신매매단을 찾아내고 인질들을 구해냈다."

이미 강호에 파다하게 퍼진 것이라 원생들도 한 번씩은 들어보았던 것이었다. 물론 곧이곧대로 믿는 사람도 몇 명 되지 않았지만, 의미를 축소하거나 깎아내리는 사람이 부지기수였다.

"그리고 동영의 인자의 거점을 찾아내고 재기 불능의 상태로 만들었다."

"예에?"

"그걸 지금 저희보고 믿으라구요?"

인신매매단도 믿기 어려운 마당에 이젠 동영의 인자란다. 자신들도 정보 하나 얻지 못한 상태로 지난 한 달 가까운 시간을 허탕 쳤거늘 조원 한 명 없이 딸랑 혼자서 그 많은 것을 해냈다는 게 가능한 일인지 묻고 싶었다.

인신매매단과 중개인 그리고 암거래 시장.

당금 무림은 이 세 개를 삼대 악의 축으로 분류하고 있었다. 실체는 존재하지만, 절대 찾을 수 없어 존재 자체를 의심하는 것. 그러면서도 천하에 온갖 해악을 끼쳐서 세상에 존재해서는 안 될 것들이 바로 삼대 악의 축이었다.

한데 묘하게도 화은설이 삼대 악의 축과 모두 연관이 되어 있었다.

"인신매매단과 동영의 인자가 같은 중개인을 고용한 모양이더구나! 중개인의 이름은 혈상. 그자가 암중으로 살수 집단을 움직인 자였다."

"아무리 그래도."

"혈상의 존재까지 알아냈단 말이야?"

여기저기서 경악이 터져 나왔다.

혈상은 이십 년 넘게 중개인 노릇을 하면서 한 번도 실체가 밝혀진 적이 없었다. 황실과 무림맹이 기를 쓰고 잡으려고 했었지만, 그때마다 번번이 황실과 무림맹의 포위망을 빠져나가 그들을 조롱했다.

일각에서는 혈상을 잡지 못하는 건 어쩌면 이름만 있고, 실제 주인은 아무나 사용할 수 있기 때문이 아니냐는 말까지 나올 정도였다.

그런 전설적인 혈상도 이번에 죽음을 피할 수 없었다.

이것 역시 화전민 마을에서 벌어졌던 일로 화은설의 업적 중 하나라 할 수 있었다.

"너희가 믿기 어렵다는 것은 알고 있다. 하지만 관아에서 통보해 왔고, 지부에서도 조사한 일이다. 인질로 잡혀 있던 사람들도 증언한 일이기도 하고."

"아!"

"그, 그럼 화 소저는 어떻게 되는 겁니까?"

모든 원생의 마음은 오직 월반과 조기졸업에만 쏠려 있었다.

"성과만 놓고 보면 당연히 조기졸업을 해야 마땅하겠지만, 사실 화은설은 동영의 인자들이 벽사검법을 노린 이유는 알아내지 못했다. 고로 절반의 성공을 했기 때문에 월반만 하기로 결정이 났다."

교실은 찬물을 끼얹은 듯 조용했다.

모두가 꿈에 그리던 월반은 화은설의 몫으로 돌아갔고, 이때부터 화씨세가의 이름이 사람들 입에서 조금씩 오르내리기 시작했다.

원래 기무결은 동영의 인자들이 벽사검법을 노린 이유를 알고 있었다.

동영의 인자들이 화은설을 죽이려고 문무서고에 잠입하는 과정에서 진실을 숨기려 들고 있었던 것이다. 즉, 본래 벽사검법은 그들의 목적이 아니었던 셈이다.

하지만 기무결은 당분간 그 같은 사실을 비밀로 하기로 했다. 그래야 적들이 안심하고 경계를 풀게 될 것이었다.

화은설도 모르는 사실이었다. 그녀에게조차 비밀로 했던 것이다.

무림맹에서 사주했다는 것을 말했다간 화은설이 어떻게 나올지 예측할 수 없거니와 만에 하나 무림맹이 눈치라도 채는 날엔 수단 방법 가리지 않고 화은설을 죽이려 할 것이 뻔했다.

"장로님! 장로님!"

"쯧쯧, 무슨 일인데 그리 호들갑인가?"

"아가씨께서… 아가씨께서……."

"설아에게 무슨 일이라도 생겼단 말이냐?"

기해극은 가슴이 철렁 내려앉았다.

그는 화은설 혼자 동영의 인자들을 찾으러 나섰다는 말에 계속 가슴을 졸이고 있던 중이었다.

기해극은 무림맹에서 화은설을 걱정해 주는 몇 명 되지 않는 사람 중 한 명이었다.

"그게 아닙니다. 방금 들어온 정보에 의하면 아가씨께서 인신매매단을 때려 부쉈답니다."

"이, 인신매매단을?"

기해극은 자신의 귀를 의심했다.

"그게 정말인가?"

"한데 장로님?"

"이번에는 또 무슨 일인가?"

"아가씨께서 동영의 인자들의 거점도 찾아냈다고 하십니다."

"자네 뭘 잘못 알고 있는 거 아닌가?"

"혈상도 찾아냈다며 지금 그 일로 무림맹이 난리도 아닙니다."

"헛헛! 혈상까지. 설아는 어디 다친 곳은 없다고 하던가?"

"다친 곳은 없다고 합니다."

"그럼 다행이로군."

그렇다면 된 것이다.

화은설은 화씨세가의 유일한 후계자였다. 기해극의 소원이 있다면 화은설이 멀지 않은 미래에 몰락한 화씨세가를 다시 일으켜 세우는 것을 지켜보는 것이었다. 인신매매단을 처리했다면 잃어버렸던 화씨세가의 명예도 조금은 되찾을 수 있을지도 몰랐다.

"잠깐 맹주께 갔다 오겠네."

기해극이 말과 함께 자리에서 일어섰다.

"어서 오시오, 기 장로!"

제갈무외가 반갑게 맞았다.

"자리에 앉으시지요."

제갈무외가 자리를 권했지만 기해극은 고개를 흔들었다.

"아닙니다. 서서 듣도록 하겠습니다. 무슨 용건으로 부르셨습니까?"

"흠흠! 그렇다면 바로 본론으로 들어가지요. 오늘 장로회의에서 기 장로의 거취에 대한 결정이 나왔습니다."

"그렇군요."

기해극은 무표정한 얼굴로 고개만 끄덕였다.

"본맹주가 장로들을 설득해 보긴 했지만, 사안이 사안인지라 어떤 식으로든 책임을 져야 한다는 분위기였습니다."

"그렇겠지요."

기해극은 죄인을 가두고 관리하는 집법당의 장로였다.

하지만 한 달 전에 동영의 인자가 감옥에서 자결하는 사태가 벌어지면서 책임 소재를 놓고 공방이 벌어졌었다.

기해극은 워낙 성품이 강직하고 우직해서 집법당을 책임지는 수장으로 최적의 인물이었다.

하나 동영의 인자를 제대로 관리하지 못하고 자결하게 만든 책임은 무엇으로도 벗어날 수 없었다. 제갈무외가 안타까운 표정으로 말했다.

"그러지 말고 기 장로께서 지금이라도 장로회의에 참석하셔서 아무 말씀이라도 하시는 것이 어떻겠습니까?"

"변명을 할 생각은 없습니다. 잘못은 잘못이니 그에 따른 책임을 져야 순리지요."

"헛헛! 정말 딱하십니다. 겨우 그만한 일로 물러나실 생각입니까?"

"잘못에 크고 작은 게 어디 있겠으며 또 신분이 높다고 특혜를 받을 수는 없습니다."

기해극은 가볍게 포권을 취해 보이고는 제갈무외 앞을 물러났다.

순간 무표정했던 기해극의 눈빛이 차갑게 가라앉았다.

"처음부터 잘못이나 실수는 없었다. 분명 그날 그자의 이빨 하나하나 내가 직접 조사하고 독단이 없는 것을 확인하지 않았던가?"

그가 확인할 때만 해도 독단은 발견되지 않았다.

한데 황당하게도 다음 날 아침 동영의 살수가 자결한 모습으로 발견되었던 것이다.

"분명 누군가 독살을 한 것이 틀림없다. 그게 과연 누구일까?"

기해극이 눈살을 찌푸렸다. 지난 보름 동안 면밀하게 조사해 보았지만, 그 어떤 수상한 흔적도 발견할 수 없었다. 하다못해 그날 형옥에 면회 온 사람조차 없었다.

"누군가 의도적으로 모든 증거를 제거했거나 아니면 형옥에 배신자가 있다는 소리다."

이 두 가지 가설 외에는 그 어떤 말로도 설명이 되지 않았다. 하지만 결론이 어떻게 나든 그들의 뒤에 거대한 힘이 버티고 있는 건 틀림없었다.

"표면적으로 보면 나를 추락시키려는 의도처럼 보인다."

그는 적이 많았다. 특히 신분이 높은 사람들에게는 더더욱 그랬다. 그는 신분의 고하를 따지거나 사사로운 감정을 개입하지 않고 오직 법에 따라 집행하기 때문이었다. 그를 눈엣가시로 생각하는 사람도 많았다.

하지만 이번 일은 상황이 조금 달랐다.

동영의 살수는 죽기 직전 저항을 한 흔적이 없었다. 그건 곧 그에게 독단을 건네준 자를 알고 있었고 순순히 독단을 받아들였다는 뜻이었다.

"그렇다면 결론은 하나! 청부를 한 자가 내부에 있다는 것이다."

그래서였다. 그는 왠지 동영의 살수가 비급을 훔치기 위해 천무서원에 잠입한 것이 아니라는 생각이 들었다. 그를 추락시키려는 의도처럼 보이게 하고는 화근을 제거한 것이라면 모든 상황이 딱딱 맞아떨어졌다.

번쩍!

문득 무언가 머릿속으로 스쳐 지나갔다.

"서, 설마 누군가를 암살하기 위해……?"

왜 진작 이 생각을 하지 못했던 것일까?

동영의 살수는 비급을 훔치려던 것이 아니었다. 그는 그날 천무서원에 있던 원생 누군가를 암살하기 위해 잠입한 것이 틀림없었다.

그야말로 금의환향이었다.

화은설은 서원의 모든 원생의 박수 속에 천무서원에 들어섰다. 거기에는 제갈무외를 비롯해서 정천구룡이 모두 끼어 있었다.

산문 앞에서부터 시작된 축하 인파는 그렇게 맹주를 시작으로 정천구룡을 거쳐 천무서원까지 길게 이어졌던 것이다.

무림맹 역사상 단 한 번도 없던 일이었다.

하지만 여기에 누구도 이의를 제기하지 못했다. 화은설의 업적은 그만큼 대단한 것이었다. 일각에서는 월반이란 상이 너무 약하다는 지적도 있었지만, 애초에 두 가지 임무 중 하나만 성공했으니 교칙에 따라야 한다는 주장이 득세했다.

원생들의 반응은 대부분 인정할 수 없다는 모습이거나 약이 바싹 올라 연신 코웃음 치는 모습으로 나뉘었다.

제갈사란의 얼굴에는 두 가지 모습 모두 들어 있었다. 그녀는 도무지 지금 이 현실을 인정할 수 없으면서도 약이 바싹 올라 코웃음 쳤다.

자신도 한 번 해보지 못한 것을 화은설이 하고 있다는 사실이 지독한 악몽처럼 느껴졌다.

하지만 정작 화은설도 불편하긴 매한가지였다. 열렬한 환영 인파가 모여들고 여기저기서 축하 인사를 건네오고 있긴 하는데, 도무지 가시방석에 앉은 것처럼 어쩔 줄 몰랐다.

"아가씨, 얼굴 좀 펴세요."

"정말 괜찮아? 지금이라도 네가 한 일이라고 말할 수 있어."

"누구 죽는 꼴 보고 싶어서 그래요?"

"휴우! 나는 네가 무슨 생각을 하는지 모르겠다. 지금이라도 아저씨에게 가서 사실대로 말하면 되는 거 아냐?"

"이십 년 넘게 쌓인 감정이라구요. 이게 한순간에 해결될 리 없잖아요."

"그건 그렇긴 하지만… 내가 너무 미안해서 그러지."

"나를 생각한다면 이 순간을 즐기시면 됩니다. 손도 좀 흔들어주고요."

기무결은 솔직히 이런 관심은 별로 내키지 않았다.

그의 관심은 오직 어딘가에서 자신을 기다리고 있을 보물밖에 없었다.

제갈무외의 집무실에는 여덟 명의 장로가 모여 있었다. 그들은 무림맹을 대표하는 고수였고, 정천구룡이라 불리며 대내외적으로 존경을 받고 있는 인물들이었다. 그런 그들의 표정이 하나같이 무겁게 가라앉아 있었다.

"이제 어찌하면 좋겠소?"

제갈무외가 심각한 표정으로 여덟 명의 장로를 쳐다보았다.

"면목이 없습니다, 맹주!"

"화은설을 밖으로 유인하면 죽일 수 있을 줄 알았는데……. 그 계집에게 그런 비상한 능력이 있을 줄은 꿈에도 몰랐습니다."

분위기가 더욱 무겁게 가라앉았다.

"맹주! 화은설에게 화 맹주의 유언이 전해진 게 틀림없소이까?"

"확실하오. 화진악은 평소 일기를 쓰는 버릇이 있었소. 한데 죽기 바로 전날의 일기가 찢겨져 나간 흔적이 있었소. 아마 자신이 죽을 걸 알고 모든 비밀을 적은 다음 어딘가에 숨겨놓았을 것이오."

"허헛! 그렇게 중요한 사실을 어떻게 십 년이 지난 지금에 와서야 알 수 있단 말입니까?"

"화은설 그 앙큼한 계집이 화 맹주의 죽음을 은밀하게 조사하고 있더구려."

그러는 와중에 우연히 화진악의 일기장이 발견되었던 것이다. 화은설은 거기에 의문을 품고 찢겨져 나간 일기장을 찾기 시작했다.

"그럼, 혹시 문서각을 출입해서 십 년 전 기록을 찾아본 것도 찢어져 나간 일기장을 찾기 위해서인 것이오?"

"아마 그럴 것이오."

"그렇다면 다행 아니오? 최소한 화진악이 화은설에게 전해준 건 아니라는 뜻일 테니까 말이오."

"화진악의 성격에 그냥 전해주었을 것 같소? 무슨 암호를 걸어두었거나 화은설만 알 수 있는 장소에 두었을 것이오."

"으음."

비명에 가까운 침음성이 터져 나왔다.

찢겨져 나간 일기장에 무슨 내용이 적혀 있는지는 아무도 알 수 없었다.

하나 화진악이 진실을 적어놓았다면 그들 정천구룡의 목숨은 물론이거니와 천하가 피에 잠길 것이었다.

청부의 주인.

그건 바로 제갈무외를 비롯한 정천구룡이었다.

그리고 그들에겐 화진악의 죽음과 관련된 비사가 있는 것 같았다.

四

기무결은 무림맹에 돌아오면 바로 보물을 찾을 수 있을 줄 알았다.

하지만 이게 웬걸?

인신매매단 사건을 조사한답시고 화은설은 물론이고 기무

결과 영영까지 장로원에 불려갔다가 맹주에게도 불려가고 나중에는 별 이상한 곳에서까지 불러댔다.

조사를 하려면 한꺼번에 몰아서 하든가. 조직 생활은 이래서 피곤한 법이었다.

더구나 기무결은 무공이 들통 나지 않도록 조심해야 했다. 하수들의 눈은 속이기 쉬워도 고수들의 이목은 보통 예리한 것이 아니었다.

기무결은 고수들을 만날 때면 공력을 최대한 전신으로 흩어버렸다. 그와 동시에 단전을 막고 눈빛을 탁하게 만들었다. 그의 모습은 영락없이 평범한 마부였지만 그렇다고 긴장의 끈을 놓지 않았다. 다행히 맹주와 장로들은 기무결을 마부라는 선입견을 갖고 대한 탓에 별다른 의심은 하지 않았다.

기무결은 속으로 안도의 한숨을 내쉬었지만, 누군가 자신을 보고 크게 놀란 사람이 있다는 사실을 꿈에도 알지 못했다.

"저, 저놈이 어떻게 여길……?"

백발이 성성한 노인이었다.

기무결을 쳐다보는 노인의 눈빛이 심상치 않았다. 기무결을 알고 있는 눈치였다.

기무결이 겨우 한가해졌다고 느껴졌을 때는 이미 며칠이 지난 뒤였다. 그때는 천무서원의 원생들이 복귀하고 화은설도 서원에 등교해서 기무결은 누구의 방해도 받지 않고 보물을 찾는 일에 열중할 수 있었다.

"역시 이곳이 가장 유력하단 말이야."

기무결은 한참을 조사한 끝에 화은설의 침상이 있는 곳으로 결론을 내렸다.

그는 침상 밑으로 기어 들어가 바닥을 두들겨 보았다. 확실히 소리가 다른 곳과는 달리 약간 이상하게 들렸다.

기무결의 얼굴에는 흥분으로 들떠 있었다.

"이제 바닥을 파고 밑으로 내려가는 일만 남았군."

얼마나 기다렸던 일이던가?

마음 같아서는 지금 당장 파고 싶었지만 이제 얼마 있지 않으면 화은설이 돌아올 시간이었다. 기무결은 아쉬워도 다음 기회를 노릴 수밖에 없었다.

하긴, 지금은 아무런 장비도 없었다. 땅을 파고 들어가려면 당연히 도구가 필요한 법이다. 화은설 몰래 침상 밑으로 파고 들어가려면 장비도 준비해야 하고 좀 더 연구가 필요할 것 같았다.

"여기서는 이 각도로 파는 게 좋겠고… 크기는 이 정도면 되겠지?"

기무결은 소나무 아래에 앉아 설계도를 그리고 있었다.

땅만 파면 바로 보물을 얻을 것 같지만, 그게 생각보다 그리 간단한 일이 아니었다. 남의 침실 바닥을 뜯어내고 구멍을 파는 것이었다.

그렇게 기무결은 차곡차곡 준비를 해나갔다.

마음은 더욱 차분하게 가라앉았다. 이제 보물을 만나기까지 정말 얼마 남지 않은 것이다.

구름은 높고 햇살은 뜨겁게 작렬하는 정오 무렵이었다.

화은설과 영영은 아침 일찍 서원에 갔고, 봉황소축에는 기무결만 남아 있었다. 오늘은 역사적인 날이었다. 땅을 팔 도구를 모두 준비하고 설계도도 완성했으니 이젠 정말 땅을 팔 일만 남은 셈이었다.

그래서일까?

기무결은 아침부터 주체할 수 없을 정도로 쿵쾅거리는 가슴을 진정하느라 땀이 날 정도였다.

"이제 시작해 볼까?"

기무결이 들뜬 마음으로 도구를 꺼냈다. 그리고 설계도를 챙겨서 전각 안으로 들어섰다.

그는 바닥에 설계도를 펼쳐놓고 바닥을 파 내려가기 시작했다. 곧장 밑으로 파 내려갈 수는 없었다. 계단도 비스듬히 경사를 이루며 만들 듯 땅을 파는 것도 그와 같은 각도가 필요했다. 그래서 설계도가 필요했다.

흙과 돌멩이들은 마대자루에 담았고, 최대한 흙먼지가 날리지 않게 노력했다.

그렇게 얼마를 파 내려갔을까?

갑자기 지반이 약해지는 듯싶더니 기무결의 몸이 밑으로 뚝 떨어지는 것이 아닌가?

"억?"

기무결은 깜짝 놀라 허공에서 몸을 뒤집고 자세를 잡으려고 했지만, 아직 그의 공력이 허공답보를 펼칠 정도로 깊은 것은 아니었다.

쿵!

엉덩이가 떨어져 나갈 것 같았다.

그나마 마지막 순간에 대비를 하고 공력을 엉덩이 쪽으로 집중한 탓에 뼈가 부서지는 최악의 상황은 모면할 수 있었다.

기무결이 한참 동안 엉덩이를 매만지다 겨우 자리에서 일어섰다. 그리고 준비한 화섭자에 불을 붙였다.

"아!"

주변이 환해지며 석실의 모습이 보였다. 누군가 인위적으로 깎은 석실이었고, 공간은 생각보다 제법 넓었다. 방이 따로 하나 있고 서재도 있었다. 거기에 기무결이 서 있는 곳은 광장이었다.

하지만 기무결이 놀란 것은 석실 한쪽에 엄청난 양의 금화와 값비싼 보석 등이 쌓여 있어서였다. 그야말로 금화와 보석 등이 산을 이루고 쌓여 있는 모습은 일대 장관이 아닐 수 없었다.

"차, 찾았다."

기무결은 넋을 잃고 중얼거렸다.

너무나도 황홀한 모습에 도무지 시선을 뗄 수 없을 정도였다.

보물지도는 진짜였다.

그리고 기무결이 고생 끝에 찾은 입구도 정확했다.

기무결이 보물을 향해 한 걸음 옮기는 순간이었다.

그그긍 하는 소리와 함께 지진이 일어난 것처럼 석실 안에 진동이 느껴졌다.

기무결은 깜짝 놀라 두 다리에 힘을 주고 만일의 사태에 대비했다. 지금으로써는 들어왔던 곳으로 나가는 방법뿐인데, 과연 한 번의 도약으로 입구까지 뛰어 올라갈 수 있을지 의문이었다.

하지만, 막상 아무런 일도 일어나지 않았다. 심하게 흔들리던 석실도 어느새 안정을 되찾고 진동 역시 더 이상 느껴지지 않았다.

"방금 이건 뭐였지?"

마치 기관장치가 발동한 것 같은 소리였다.

기무결은 처음엔 동굴이 무너지는 줄 알고 놀랐었다. 그도 그럴 것이 보물지도를 보고 찾아오긴 했지만, 정상적인 방법으로 들어온 것은 아니기 때문이었다.

"휴!"

한숨을 돌리고 다시금 시선을 보물이 쌓여 있는 곳으로 시선을 돌렸다.

순간 기무결의 눈이 하마터면 크게 튀어나올 뻔했다. 방금 전까지만 해도 산처럼 쌓여 있던 보물이 오분지 일로 줄어 있었던 것이다.

"서, 설마?"

기무결은 자신의 눈을 의심했다. 그 잠깐 사이에 그 많은 보물이 감쪽같이 사라진 것이다.

불길한 생각은 언제나 적중한다더니.

방금 그 괴상한 소리는 기관장치가 발동한 것이 맞았고, 정상적인 방법으로 들어온 것이 아니면 보물을 다른 곳으로 숨겨놓는 역할을 하는 것 같았다.

─인연이 아닌 자는 그냥 돌아가라. 본좌는 오직 파렴치한 정파와 마도에 복수해 줄 인연자를 기다리고 있노라.

보물의 주인은 결국 보물지도를 얻은 자. 즉, 천무은형잠종대법을 얻은 자여야 한다는 뜻이었다. 기무결은 황당하게도 천무은형잠종대법도 얻고 보물지도도 얻었지만, 결과는 지금 이 모양이었다.

글자는 석벽 위에 새겨져 있었다.

분명 처음에는 없었던 것이었다.

아마도 석벽이 움직이며 위치가 바뀐 것 같았다. 그렇다는 건 석벽 너머에 나머지 보물이 있을 가능성이 높았다.

"대단한 기관장치다. 석벽을 강제로 열려고 하면 석실이 무너지겠지."

기무결은 아쉬운 나머지 입맛을 다셨다.

정상적인 방법으로 들어오지 않았다고 기관장치가 발동되고 보물의 오분지 사가량이 사라질 줄이야.

물론 이것만으로도 엄청난 액수였다.

족히 천만 냥은 될 것 같았다.

하나 기무결은 기쁘기는커녕 놓친 고기가 더 크게 보였다.

第二章
깨달음

一

"몇 번을 생각해도 그놈이 틀림없다."

뇌강은 삼 년이 지났지만 기무결의 얼굴을 똑똑히 기억하고 있었다. 어찌 잊을 수 있겠는가? 기무결에게 생명과도 같은 살수천자의 칼을 맡겼는데 말이다.

그랬다.

당시 기무결에게 백 냥을 빌리는 조건으로 살수천자의 칼을 담보로 맡긴 사람이 뇌강이었다.

놀랍게도 그는 무림맹의 원로였고, 정천구룡의 일인이었다. 그런 그가 살수천자의 칼을 가지고 있었다는 건 무척 의외의 일이 아닐 수 없었다.

"제길, 막 비밀을 풀려고 할 때 하필이면 감찰총국에서 들이닥칠 건 또 뭐냐?"

일이 꼬이기 시작한 건 바로 그때부터였다.

신분이 신분인만큼 누군가에게 도움을 청할 수도 없었다. 아니, 자신이 살수천자의 칼을 가지고 있다는 사실이 알려지기만 해도 그동안 그가 힘들게 이룩한 모든 명예가 한순간에 나락으로 떨어지고 말 것이었다.

그는 감히 무림맹으로 돌아갈 생각을 하지 못한 채 감찰총국의 추격을 따돌리기 위해 중원 곳곳을 도망쳐 다녀야만 했다.

감찰총국의 힘은 상상을 초월할 정도로 무서웠다.

뇌강은 무림맹 내에서도 알아주는 극강의 고수인데도 감찰총국의 손에 몇 번이나 죽을 뻔한 고비를 넘겨야 했다.

특히 사도옥은 황실제일의 고수라 할 수 있었다.

그는 사도옥과 몇 수 주고받은 적이 있었는데, 결코 자신의 아래가 아니었다.

남경에서 기무결을 만난 건 그가 부상을 입고 도망치던 와중이었다.

"놈에게 백 냥만 빌려서 한 육 개월 정도 은밀한 곳에 짱 박혀 지내면 감찰총국의 추격을 따돌릴 줄 알았거늘……."

기무결에게 살수천자의 칼을 맡기고 육 개월 뒤에 찾으러 오겠다고 한 것도 모두 그 때문이었다.

하지만 뇌강은 이 년이 넘어서야 겨우 감찰총국의 추격을 따돌릴 수 있었다.

약속보다 많이 늦긴 했지만 그래도 고아원을 후원하던 놈이니 다른 짓은 하지 않았을 터. 분명 자신이 맡긴 칼을 잘 보관하고 있을 줄 알았다.

하나, 이게 웬걸?

그가 찾아갔을 때는 이미 기무결은 어딘가로 사라지고 난 뒤였다.

뇌강은 뒤통수를 얻어맞은 기분이었다. 고아원을 후원하던 놈이 칼을 갖고 튈 줄은 생각도 못한 일이었다.

"요 쥐새끼 같은 놈! 감히 내 보물지도를 가지고 날랐단 말이지?"

지난 이 년 동안 얼마나 개고생을 하며 겨우 찾아온 건데.

그는 화가 머리끝까지 치밀어 올랐다. 지옥 끝까지라도 기무결을 쫓아갈 작정이었다.

한데 원수는 외나무다리에서 만난다더니 기무결이 화은설의 마부가 되어 무림맹에 숨어 있었던 것이다.

"도저히 참을 수 없다."

뇌강이 바닥을 박차고 자리에서 일어섰다.

순간 장로들이 어리둥절한 표정으로 뇌강을 쳐다보았다.

"뇌 장로? 무슨 할 말이라도 있는 것이오?"

지금 제갈무외를 비롯한 정천구룡은 한자리에 모여 화은

설의 문제를 놓고 회의를 벌이던 중이었다. 분위기는 어느 때보다 무거웠고, 정천구룡의 얼굴에는 하나같이 어두운 그림자로 가득했다.

하지만 뇌강은 처음부터 회의 내용이 귀에 들어오지 않았다. 보물만 찾으면 그는 떵떵거리며 천하를 호령하며 살 수 있는데 굳이 무림맹에 미련을 둘 이유가 없었다.

"아, 미안하오. 내가 잠시 다른 생각을 하느라고……."

"으으, 지금이 어느 때인데 한가하게 다른 생각을 한단 말이오?"

"제발 정신 좀 차리시오, 뇌 장로! 지금 우리의 운명을 논하는 자리올시다."

"미, 미안하오."

뇌강은 얼굴을 붉히며 자리에 앉았다.

망신도 이런 망신이 없었다. 사람들의 경멸에 찬 시선이 아직도 느껴지는 것 같았다.

'실컷 비웃어라. 내가 보물지도만 손에 넣으면 네놈들과 상종을 할 것 같으냐? 이 몸은 천하제일의 거부가 될 몸이시란 말이다.'

그리고는 속으로 기무결을 떠올리며 이를 갈았다.

'네놈이 감히 내 보물지도를 갖고 튀어? 내 이놈을 당장 요절을 내지 않으면 성을 갈리라!'

二

　기무결은 아직도 무림맹에 남아 있었다.

　돈만 찾으면 바로 무림맹을 떠나 감찰총국의 손길이 미치지 않는 곳에 가서 사는 것이 기무결의 계획이지 않았던가?

　하지만 기무결은 찾지 못한 사천만 냥이 눈에 밟혔다. 천만 냥도 엄청 큰돈이긴 하지만, 기관장치 안에 숨어 있는 사천만 냥의 돈이 아까워서 도저히 발길이 떨어지지 않았다.

　아마 누구라도 그럴 것이다.

　원래 남의 떡이 더 커 보이는 법이고, 놓친 고기가 더 탐스러워 보이는 법이다.

　그리고 천만 냥의 돈을 옮기는 것도 문제였다.

　이건 하루아침에 해결될 일이 아니었다.

　그 많은 금화와 보물을 찔끔찔끔 화은설의 침실로 옮기다간 몇 년이 걸려도 어려울 것이 뻔했다. 꼬리가 길면 잡힌다고 화은설의 침실을 계속 들락거릴 수도 없었다.

　그럴 바엔 차라리 석실을 좀 더 연구해서 다른 출구가 있는지 찾아보고 없으면 새로 만드는 것이 더 효과적일 것 같았다. 물론 기관장치 안에 숨겨진 사천만 냥도 찾아낼 생각이었다.

　아침부터 날이 흐리더니 정오가 되자 추적추적 비가 내리기 시작했다.

기무결은 오전에 한 차례 석실에 내려가 구조를 연구하고 출구를 찾았다가 점심을 먹고 다시 석실에 내려가려고 봉황 소축으로 향했다.

스윽!

누군가 그의 앞을 가로막는 사람이 있었다.

"노부가 누구인지 알아보겠느냐?"

"아, 아니, 영감님은?"

기무결은 소스라치게 놀랐다.

어찌 잊을 수 있겠는가?

돈 백 냥에 그 썩은 칼을 맡기고 간 보물지도의 실제 주인 이니 말이다.

"흐흐, 아직 노부를 잊지 않아서 다행이구나! 칼을 찾으러 왔다. 노부가 맡긴 칼은 어디에 있느냐?"

"영감님이 어떻게 여기 계신 겁니까?"

기무결은 그를 마도의 고수로 생각하고 있었다.

설마 정파의 고수가 살수천자의 칼을 들고 도망 다닐 줄은 꿈에도 생각하지 못했기 때문이었다.

"그건 노부가 묻고 싶은 말이다. 남경에서 고아원을 후원 하며 지내던 네놈이 왜 이곳에서 마부로 있는 것이냐?"

뇌강이 예리한 눈빛으로 기무결을 노려보았다.

"허허! 적반하장도 유분수라더니. 이게 다 영감님 때문 아 닙니까?"

"뭐야?"

"감찰총국에서 어느 날 갑자기 쳐들어와서는 칼을 내놓으라고 으름장을 놓는데, 뭔 소린지 도통 알 수가 있어야죠."

"그래서 어떻게 했느냐?"

"몰라서 묻습니까? 모른다고 했다가 죽을 뻔했습니다. 하지만 정말 모르는데 어쩔 방법이 있어야죠. 협조를 하는 척했다가 감시가 소홀한 틈을 타서 도망쳤습니다. 아마 그대로 잡혀 있었다면 소생은 벌써 죽었을 겁니다."

뇌강이 코웃음 쳤다.

"감찰총국이 얼마나 지독한 놈들인데 지금 노부에게 그자들 손에서 도망쳤단 말을 믿으란 말이냐?"

"쯧쯧, 그건 영감님이 몰라서 하는 말입니다. 소생은 지난 일 년 동안 동창의 감옥에 있었습니다."

"도, 동창?"

"감찰총국의 추격을 피할 곳은 동창밖에 없다고 생각한 거죠. 덕분에 그 지옥 같은 동창의 감옥에서 일 년 동안 갇혀 지내긴 했지만."

'이야, 이놈 이거 물건일세.'

뇌강은 감탄하다 못해 기무결이 존경스러울 정도였다. 그는 무조건 멀리 도망칠 생각만 했지 바로 코앞에 숨어 있을 생각은 꿈에도 하지 못했다.

감찰총국과 동창은 천하에 둘도 없는 앙숙 아니던가?

같은 특무기관이라 해도 전혀 협조가 이루어질 리 없었다. 그렇다면 동창이야말로 안전한 도피처인 셈이었다.

"그럼, 노부가 맡긴 칼은 어찌 되었느냐?"

"그걸 소생이 어찌 압니까? 일 년 뒤에 동창의 감옥에서 나오고 나니까 감찰총국에서 소생의 계좌를 전부 압수해서 알거지가 되었습니다. 물론 평생 쫓기는 처지가 되었구요. 남의 신세를 망쳐 놓고 지금 그 칼이 대수입니까?"

기무결은 오히려 뇌강에게 자신의 신세를 따지고 들었다. 목소리 큰 놈이 이기는 법이다. 더구나 진실과 거짓말을 적당히 섞었으니 뇌강도 쉽게 판단이 서지 못할 것이었다.

하나 뇌강은 그리 호락호락한 인물이 아니었다.

"네놈이 노부를 완전히 바보로 여기는 모양이구나!"

쇄애애액!

뇌강이 벼락같이 달려들어 기무결의 가슴을 향해 일장을 후려갈겼다. 뇌강의 장력에서 엄청난 파공성이 일었고, 빗방울이 사방으로 튕겨져 나갈 정도였다. 그 위력이 장난이 아니었다. 피하지 않으면 죽는 정도가 아니라 살짝만 스쳐도 살아남기 어려울 정도였다.

"이, 이게 무슨 짓입니까?"

기무결은 황급히 몸을 날려 뒤로 피했다.

그의 움직임도 상당히 민첩해서 순식간에 이 장 멀리 물러났다.

하나 뇌강은 더 빠르고 민첩했다.

그는 찰거머리처럼 기무결의 근처에서 떨어지지 않았다.

찌익!

기무결의 가슴팍이 길게 찢어져 나갔다.

"흐흐, 역시 무공을 숨기고 있었구나! 방금 그 무공이 천무잠종대법이렷다?"

흠칫!

'교활한 늙탱이 같으니.'

기무결의 얼굴이 딱딱하게 굳어졌다.

"노부가 조금만 더 안쪽으로 손을 뻗었다면 네놈을 죽일 수도 있었다."

그의 말은 결코 농담이 아니었다.

보물지도만 아니었다면 찢어진 건 옷자락이 아니라 기무결의 심장이었을 것이었다.

"으음."

기무결이 눈살을 찌푸렸다. 그 역시 아직 풍형을 펼친 건 아니었지만, 뇌강의 무공은 지금까지 겪었던 자들과는 차원이 달랐다. 풍형을 펼쳐도 승기를 잡을 수 있을지 의문이었다.

"젠장!"

강호에는 기인이사가 모래알처럼 많다고 했던가?

동영의 인자들과 인신매매단을 상대로 위력을 떨쳤다고

해도 천무은형잠종대법은 완성된 상태가 아니었다. 오히려 수련한 지 이제 고작 일 년 남짓. 고수를 만나면 제아무리 천무은형잠종대법이라 해도 깨질 수 있다는 것을 깨달은 것이다.

아직 가야 할 길이 멀었다.

이번 기회에 천무은형잠종대법을 확실하게 정리하고 갈 필요가 있었다.

三

뇌강은 단 일 장으로 기선을 제압했지만, 그의 눈빛은 더욱 탐욕스럽게 변했다. 기무결은 처음 만났을 때 분명 일초반식도 모르던 백면서생이었다.

기무결이 자기 입으로 지난 일 년 동안 동창의 감옥에 있었다니 그렇다면 무공을 배운 지 겨우 일 년 남짓밖에 안 됐다는 소리. 한데도 자신의 공격을 피하는 움직임이 보통 빠르고 신속한 것이 아니다.

'이것이 천무은형잠종대법의 위력이란 말인가?'

놀라운 일이었다.

백면서생이 저 정도면 이미 무공이 경지에 오른 자신은 두말할 나위도 없을 터. 천하제일고수가 마냥 꿈이 아니었다.

더구나 살수천자의 막대한 보물은 또 어떤가?

천하를 사고도 남을 만큼 엄청난 재화가 어딘가에 묻혀서 그를 기다리고 있었다.

천하제일고수와 천하제일부자!

그 어떤 것도 놓칠 수 없는 달콤한 유혹이었다.

"보물지도와 무공비급을 넘겨라. 그럼 네놈을 살려줄 수도 있다."

뇌강은 자비를 베풀 듯 말했지만, 증거를 인멸하기 위해서 기무결을 죽여 없앨 생각이었다.

"참 염치없는 영감이네. 물건을 찾으려면 돈부터 갚는 게 순리 아니던가?"

"흐흐, 지금 이 상황에서도 농담이 나올 줄이야. 네놈의 배포는 인정하지 않을 수 없구나!"

"돈부터 갚으라는 말이 농담으로 들릴 줄이야. 흠! 사고방식은 영락없는 마인인데, 무림맹에 있는 걸 보면 그것도 아닌 것 같단 말씀이야."

기무결은 예리한 시선으로 뇌강의 위아래를 훑어보았다.

"어이, 영감! 무림맹의 장로 맞지?"

"뭐, 뭐라고?"

"시치미를 떼도 소용없어. 내 신분이 마부인 것까지 알고 있는 것을 보면 이번에 나를 조사한 조직 중 한 곳에 속해 있겠지. 맹주가 아닌 건 확실하고 그렇다고 그 나이에 향주나 당주일 리도 없을 테니 장로밖에 남지 않는군."

기무결이 피식 웃었다.

"당당한 무림맹의 장로가 살수천자의 비급을 얻으려는 게 알려지면 신상에 별로 좋을 것 같지가 않은데?"

공갈 협박이나 다름없었다.

뇌강의 신분을 알고 있으니 자신에게 어떤 위해라도 가하면 무림맹에 비밀을 폭로하겠다는 뜻이었다.

"흥! 여기서 네놈을 죽이면 끝이다."

"그럼 보물지도는 영원히 얻지 못할 텐데?"

"흐흐, 네놈을 죽이고 찾으면 그만이다."

"푸하핫! 순진하시긴. 설마 그 중요한 것을 품속에 넣고 다닐 거라고 생각하는 거요?"

"네놈 말은 못 믿겠다."

"쯧쯧, 그럼 한번 뒤져 보시든가?"

기무결이 호기롭게 두 팔을 벌렸다.

뇌강이 눈살을 찌푸렸다.

"보물지도를 어디다 두었느냐?"

"그게 잘 생각이 나질 않는군. 확실한 건 내 머릿속에는 있다는 거야!"

기무결이 손가락으로 자신의 머리를 가리켰다. 입가에는 비릿한 조소를 한가득 흘렸다.

"으으, 네놈이 정말 죽고 싶어서 환장을 했구나! 당장 보물지도를 내놓지 못하겠느냐?"

뇌강이 이를 갈았지만, 기무결은 눈 하나 깜빡하지 않았다. 보물지도를 찾기 전에는 절대 자신을 죽이지 못한다는 것을 알고 있었기 때문이었다.

"영감, 일하는 데 방해되니까 좀 비키지 그래?"

"정녕 죽고 싶으냐?"

"길목을 막아서고 있으니까 안으로 들어갈 수가 없잖아?"

기무결은 어디 죽일 테면 죽여보라는 식으로 막무가내로 나왔다.

"으아악! 내 이놈을 그냥?"

뇌강은 분통이 터져 미칠 지경이었지만 어떻게 할 수가 없었다. 잡아다가 고문을 해볼까도 생각해 봤지만, 감찰총국을 피하기 위해 기꺼이 동창의 감옥을 택한 놈이었다. 꼬리가 아홉 개 달린 여우를 찜 쪄 먹을 정도로 교활한 놈이 고문을 한다고 순순히 입을 열지 미지수였다.

그때였다.

화은설이 봉황소축에 들어서다 뇌강을 보고 얼굴을 찌푸렸다.

"뇌 장로가 여긴 어쩐 일이죠?"

"아, 아가씨가 오셨군요."

"방금 뇌 장로께서 소리를 지르던 거 같던데, 혹시 제 마부가 무슨 잘못이라도 했나요?"

"별일 아닙니다."

뇌강은 일단 물러가는 수밖에 없었다. 하지만 이대로 포기할 그가 아니었다. 그는 무서운 눈빛으로 기무결을 노려보고는 사라져 갔다. 그 모습이 화은설에게는 비밀이라고 말하는 것 같았다.

'휴!'

기무결은 속으로 안도의 한숨을 내쉬었다.

그는 호기롭게 두 팔을 벌리긴 했지만 내심 조마조마하던 참이었다. 보물지도뿐만 아니라 무공비급까지 그의 품속에 있었기 때문이었다.

'이번에는 요행으로 속이긴 했지만 만약을 위해 없애는 것이 좋겠군.'

보물지도는 그의 머릿속에 새겨져 있었다.

또한 보물의 위치를 찾았으니 더 이상 보물지도를 가지고 있을 필요가 없었다.

화은설은 뭔가 이상한 기운을 감지했지만, 꼬치꼬치 캐묻지는 않았다. 혹시 도움이 필요하면 기무결이 먼저 말을 해줄 것이라 믿고 있었던 것이다.

四

밤이 되자 빗줄기는 더욱 굵어졌다.

기무결의 처소는 마구간 옆에 붙어 있는 허름한 방이었다.

여기저기 빗물이 새서 바닥에 떨어져 내렸지만 기무결은 천무은형잠종대법을 연구하는 데 정신이 없었다.

풍형과 운형은 모두 세 단계로 나뉘어져 있었다.

일 단계는 바람이나 구름을 이용해 몸을 숨기는 것이 전부였다. 지금까지는 딱히 아쉬움이 느껴질 만한 상황이나 위협적인 상대를 만난 적이 없었다.

하나 비가 오는 날이면 일 단계의 풍형과 운형은 무용지물로 변한다. 빗방울이 그의 몸에 흡수되거나 튕겨져 나가기 때문에 모습이 노출되기 때문이었다. 그가 굳이 뇌강에게 모험을 걸어 싸우지 않은 이유도 이것이었다.

"으음. 왜 진작 그 생각을 못했을까?"

위력이 높은 만큼 단점도 치명적이었다.

비가 오는 날에 펼칠 수 없다면 반쪽짜리 무공이나 마찬가지였다.

"이 문제를 해결할 방법이 없을까?"

비만 오면 불안에 떨며 살 수 없는 노릇 아닌가?

그렇다고 공력이 약한 상태에서 이 단계의 풍형과 운형으로 넘어갈 수도 없는 노릇이었다.

기무결은 천무은형잠종대법의 구결을 처음부터 다시 읽었다. 그리고 지금까지 자신이 펼쳤던 풍형과 운형을 떠올려 보았다. 뭔가 아련히 떠오르며 손에 잡힐 것도 같았지만 빗방울보다 빠르게 움직이지 않는 이상은 딱히 해결할 방법이 없었다.

"그러고 보면 일 단계의 풍형과 운형은 생각보다 단순한 원리군."

미처 알지 못했던 사실이었다. 몸을 숨겼다가 나타나는 것이 워낙 화려하고 신기해서 깨닫지 못했을 뿐이었지만, 조금만 자세히 들여다보면 금방 느낄 수 있었다.

풍형과 운형은 몸을 숨겼다가 상대가 당황한 틈을 노려 기습 공격을 하는 것이 전부였다. 이때 만약 호흡을 내쉬거나 들이쉬면 기가 흩어지고 모습이 드러나게 된다. 때문에 다른 동작을 연속으로 이어가기 어렵다는 단점도 있었다.

기무결이 지금까지 사라졌다가 적의 눈 바로 앞에서 모습을 나타냈던 것은 초식을 펼치기 위해서였다. 이때 펼칠 수 있는 살인기예들은 실전 위주에서는 써먹기 애매한 것이었다.

암습이나 저격에 특화된 것들이니 당연한 일이었다.

당연히 초식의 위력이 한참 떨어질 수밖에 없었다. 그래도 동영의 인자들과 인신매매단을 순식간에 궤멸시킨 것은 그 정도로 풍형과 운형의 위력이 대단했기 때문이었다.

하지만 만에 하나 적에게 한 번 간파당하면 속수무책으로 당할 수밖에 없었다.

기무결의 고민은 여기서부터 시작이었다.

천무은형잠종대법에는 초절정의 살인기예가 있었지만, 모

두 이 단계로 넘어가야 익힐 수 있는 것들이었다.

하나 살수천자는 단계를 확실하게 나누어서 이 단계 공력을 익히지 못했다면 초식도 수련할 수 없었다.

현재 이 단계의 풍형과 운형, 그리고 살인기예들은 기무결에겐 그림의 떡이었다.

그의 공력은 이제 겨우 일 단계의 풍형과 운형을 펼칠 수 있는 수준에 불과했다.

이 단계부터는 풍형과 운형의 위력이 차원을 달리한다. 먼저 풍형은 바람 속에 숨어 살기를 날려 보낼 수 있었다. 즉, 굳이 모습을 나타내지 않아도 되고 호흡을 참을 필요도 없었다. 한줄기 바람만 있다면 완벽한 은신이 가능했다.

하나 무엇보다 중요한 것은 초식의 다변화였다. 몸을 숨긴 상태에서도 초식을 펼칠 수 있기 때문에 그 위력은 더욱 무서워질 수밖에 없었다.

암기를 바람 속에 숨길 수도 있었다. 흔적이나 소리가 나지 않고 오직 눈에 보이는 것은 바람 소리뿐이었다. 때문에 당하는 사람은 자연스럽게 바람이 곧 살기라고 느끼게 된다.

하지만 이 모든 것이 지금으로써는 그림의 떡이었다.

"으음."

기무결은 골머리를 싸매고 고민했다. 한 번 집중하면 시간 가는 줄 모르는 기무결이었다. 그가 피곤함을 느끼고 주변을 둘러보자 어느새 창문 너머로 햇살이 비쳐오고 있었다.

밤새 내리던 비가 그치고 날이 환하게 밝아왔다.

꿍!

"결국 뜬눈으로 새웠군."

기무결이 기지개를 켜며 자리에서 일어섰다.

밤을 새운 보람도 없었다. 기무결은 일 단계의 문제를 해결하지 못했다. 아무리 생각해도 이 단계로 넘어가는 것 말고는 달리 없었다.

하긴, 천무은형잠종대법을 만든 살수천자도 해결하지 못한 것을 자신이 하루 만에 해결할 수 있을 리 없었다.

"이 단계의 살인기예들만 끌어다 쓸 수 있어도 훨씬 위력이 배가될 것 같은데⋯⋯."

미련이 남을수록 머릿속이 복잡해지고 골치만 아팠다.

그때였다.

"차앗!"

기합 소리와 함께 쉭쉭거리며 검이 허공을 가르는 소리가 들려왔다. 정원에서 화은설이 한창 아침 수련을 하는 중이었다.

원래 그녀는 매일 새벽과 저녁, 하루에 두 번씩 운기조식을 하고 난 다음 정원으로 나와 검법을 수련하는 버릇이 있었다. 그렇게 한바탕 수련을 하다 보면 머릿속의 잡념도 없어지고 마음도 다잡을 수 있어서 좋았다.

화씨세가의 검법은 상당히 특이했다. 검법이면서도 박투

술처럼 가까이 접근해서 팔꿈치나 무릎을 이용해 공격하는 동작이 많았다. 그러다 보니 매 동작이 격렬하고 잔인해서 여자가 익히기에는 적당하지 않았다.

"이얍!"

화은설은 바닥에 구르고 검을 휘둘렀다가 껑충 뛰어 무릎을 찍어가는 등 매 순간 격렬하게 움직였다. 그녀의 이마에서 땀이 비 오듯 쏟아지고 있었다.

'굉장한 박력이 느껴지는 검법이다.'

솔직히 검법이라기보다는 권법과 각법 등을 모두 합쳐 놓은 종합 무공 같았다. 그래서 그런지 검법의 기세가 더 날카롭고 예리하게 느껴졌다.

기무결은 이내 고개를 돌렸다. 무공 수련을 쳐다보는 건 무림에서 금하고 있었다. 솔직히 그녀의 수련을 봐도 배울 수 있는 것도 아니지만, 괜히 화은설과 눈이라도 마주치는 날에는 어떤 막말이 나올지 몰랐다.

"자, 잠깐! 검법에 권법과 각법을 합쳐 놓은 것 같다고?"

기무결이 걸음을 뚝 멈춰 섰다.

그의 머릿속에는 무언가 번쩍 하고 스쳐 지나갔다.

"만약 풍형과 운형의 일 단계에 다른 무공을 접목시키면 어떨까?"

그렇다면 초식의 단순함과 위력이 약한 것을 상당 부분 해결할 수 있을 것 같았다.

그는 천무은형잠종대법 말고는 알고 있는 무공이 없었다.

하지만 그에게는 정원에서 열심히 수련하고 있는 화은설이 있지 않은가?

기무결은 순간 머릿속이 맑아지는 것을 느꼈다.

밤새도록 고민했던 것이 한순간에 해결이 된 것이다.

더구나 화씨세가의 박투술은 십여 년 전만 해도 천하제일의 무공으로 명성이 자자했었다. 지금은 화씨세가가 몰락하고 존재 자체도 희미하게 변했지만, 기무결은 화은설의 움직임에서 가공할 위력을 느꼈다.

'한번 걸려들면 온몸의 뼈란 뼈는 모조리 부러지겠구나!'

단지 화은설이 여자의 몸이다 보니 격렬하기 그지없는 박투술과 동화되지 못하고 있었다.

원래 화씨세가의 무공은 남자들에게 전해져 내려오던 상승의 무공이었다.

그러던 것이 화씨세가에 화은설만 남게 된 상태였고, 그나마도 화진악이 갑작스럽게 죽어서 온전히 전해진 것도 아니었다.

한데 그것만으로도 화은설의 움직임은 예리했고, 손과 발에서는 상당한 기운이 뿜어져 나오고 있었다.

만약 원래의 초식과 절기가 온전히 복구만 된다면 가히 천하제일의 무공이라 할 수 있을 것 같았다.

기무결은 눈빛을 반짝였다.

암습과 저격에 특화된 천무은형잠종대법의 일 단계를 보완해 주기에는 화씨세가의 박투술만큼 적당한 무공도 없었다.

하지만 화은설이 순순히 화씨세가의 무공을 가르쳐 줄지는 의문이었다.

원래 가전무공은 함부로 외인에게 전해주는 것이 아니었다. 수련하는 모습을 지켜보는 것도 도둑질한 것처럼 생각하는 상황이었다.

그렇다고 여기서 포기할 기무결이 아니었다.

기무결은 원하는 것이 있으면 무슨 짓을 해서라도 반드시 손에 넣어야 직성이 풀리는 성격이었다.

"아가씨잉!"

기무결이 아침 댓바람부터 애교를 떨며 그녀에게 달려갔다.

五

새벽의 찬 공기를 맞으며 수련하다 보니 어느새 날이 밝았다.

바람에 휘날리는 머리카락을 쓸어 올리며 땀을 흘리는 모습은 여자일지라도 멋있었다. 화씨세가의 무공은 여자들이 하기는 어려움이 많은 무공이었다. 매일매일 수련하기가 쉽지만은 않았지만 화은설에게는 아버지의 죽음에 관한 음모를 풀고 화씨세가를 일으켜야 할 숙명이 있었다.

최근 아버지가 남긴 일기장을 발견하고 그 안에 든 의문을 풀기 위해 문서각에 들어가 관련 자료들을 살펴보고 있었지만, 아직 이렇다 할 증거를 찾진 못했다.

하지만 화진악의 죽음 안에 뭔가 있다는 것은 느낄 수 있었다. 그건 그녀가 딸이어서가 아니었다. 말로는 설명할 수는 없지만, 분명 미묘한 그런 분위기가 느껴졌다.

'반드시 찾아내고 말겠어.'

지금은 죽어라 수련하고 단련하는 길밖에 없었다. 그러다 보면 언제고 여자라는 약점을 극복하고 그 어떤 남자보다 능숙하게 펼칠 수 있을 날이 반드시 오게 될 것이었다.

그때였다.

"아가씨잉!"

기무결이었다.

"무공 수련 중이시구나. 어쩜 그렇게 손발을 자유자재로 하실까? 정말 대단한 기세던데요?"

기무결은 온갖 미사여구를 가져다 칭찬하기에 정신이 없었다.

하지만 화은설은 기무결의 말이 곱게 들리지 않았다. 칭찬이 칭찬 같지 않았다. 자신의 실력이 부족한 건 누구보다 그녀가 더 잘 알고 있기 때문이었다.

"지금 나 비웃는 거지?"

"헤헤! 그럴 리가요? 아가씨 무릎에 한번 찍히면 누구든 그 길로 저승길 가겠던데요?"

"왜, 왜 이래? 아침 잘못 먹었어?"

"헤헤! 혼자 수련하기 힘들지 않아요? 제가 좀 도와드릴까요?"

"대련이라도 해주겠다는 거야?"

"그것도 좋은 방법이죠. 하지만 아가씨 무공이 온전한 것이 아니니 같이 연구하며 발전시켜 나가면 어떨까요?"

좋은 말로 포장하긴 했지만, 결국 무공을 가르쳐 달라는 것이었다.

화은설이 피식 웃었다.

"마음만 고맙게 받겠어. 이건 가전무공이라 외인에게 전해 줄 수가 없어서 말이야."

"끙! 그, 그렇군요."

아무리 낯짝이 두꺼워도 더 이상 부탁할 수가 없었다.

화은설은 자칫 불쾌할 수도 있는 상황에서 최대한 미소를 지으며 대답해 주었던 것이다.

'산 넘어 산이로군.'

기무결은 무엇 하나 쉽게 얻는 법이 없었다.

第三章

화씨세가의 박투술

ㅡ

탁자 위에는 두 개의 찻잔이 있었고, 찻잔 안에서 뜨거운 김이 모락모락 피어나고 있었다.

기해극이 먼저 찻잔을 들고 한 모금 마셨다.

"설아야, 월반을 축하한다."

"고, 고마워요, 아저씨!"

화은설은 여전히 적응이 되지 않았다.

"후후! 화 대협이 하늘에서 이 모습을 보면 틀림없이 좋아하실 게다."

"그럴까요?"

"후후! 화씨세가의 이름이 사람들 입에 오르내리고 있지 않느냐?"

모든 사람에게 잊혀졌던 이름이었다.

그것이 이번 일로 다시금 사람들 사이에서 언급되고 있었다. 예전에는 화씨세가의 이름이 언급되는 것만으로도 괴로웠던 시절이 있었지만, 지금은 어느 정도 긍정적인 느낌으로 바뀌었던 것이다.

"그나저나 아저씨 일은 들었어요. 동영의 인자가 자결한 것 때문에 그만……."

"신경 쓰지 말거라. 때마침 나도 쉬고 싶었던 참이었다."

기해극은 담담하게 웃었다.

그는 지금 그 사건을 조사하고 있었지만, 화은설에게는 말하지 않았다. 아직은 그것이 화은설과 관련되어 있다는 것을 모르고 있었고, 괜히 말을 하면 화은설이 자신을 돕겠다고 나설지도 모르기 때문이었다.

사실 그는 약간의 실마리를 찾은 상태였다.

그것이 바로 며칠 전 일이었다.

기해극은 동영의 인자가 비급이 아니라 누군가를 암살하려는 것이 목적이라는 것을 깨닫고 조사를 확대해 나갔다.

그 배후는 분명 무림맹 안에 있을 터. 하지만 아무리 조사를 해도 꼬리를 잡기가 힘들었다.

그러다 기해극은 자금 출처에 주목했다.

백 년 전 무림맹이 세워질 때 발행한 부채가 아직까지 이어져 내려오고 있었다. 때문에 역대 맹주나 원로들은 돈에 민감할 수밖에 없었다. 어느 조직이든 돈을 쓸 일이 생기면 아무리 작은 액수라도 반드시 출처와 이유를 명확하게 적시했다.

'자금 출처를 조사하면 누가 청부를 했는지 알아낼 수도 있다.'

화은설은 기해극에게 넌지시 기무결에 대해 물어볼까 고민하고 있었다.

기해극의 강직한 성격을 알고 있는 그녀로서는 도무지 그가 혼외 자식을 두었다는 것이 믿어지지 않았다.

기해극이 고개를 갸웃거렸다.

"뭔가 나에게 물어보고 싶은 것이 있느냐?"

"아, 아니에요."

화은설이 당황한 표정으로 두 손을 내저었다.

문득 기무결이 신신당부하던 모습이 떠올랐다. 아직 감정이 다 정리된 것이 아니어서 시간이 필요하단 말에 그녀도 어느 정도 동의하고 있었다.

'하긴, 이십 년 넘게 아저씨를 미워하고 있었을 거 아냐?'

사실 기무결이 무림맹 온 것도 기해극에게 복수를 하기 위해서라고 하지 않았던가? 그렇다면 조금 더 시간이 필요할 것 같았다.

"하핫! 차가 맛있네요."

화은설은 갑자기 말을 돌렸다.

기해극은 그런 화은설이 엉뚱하다고 생각했지만, 설마 자신에게 혼외 자식과 관련된 질문을 하려다 말았다는 것은 꿈에도 생각할 수 없었다.

二

정오 무렵이었다.

제갈무외는 점심을 먹고 나면 항상 용정차를 즐기는 버릇이 있었다. 이때는 누구의 방문도 받지 않고 업무도 처리하지 않았다.

하지만 가끔 예외일 때도 있었다.

기해극이 맹주의 자금 출처를 조사하고 있다는 정보가 포착되어 정천구룡이 제갈무외의 집무실에 모여 대책을 논하고 있었다.

"끝내 기해극 그 늙은이가 문제로군."

"맹주의 이름으로 자금을 처리하면 괜찮을 줄 알았거늘……."

"혹시 몰라서 제갈세가에 은밀하게 지원하는 것으로 처리해 놓았으니 다행이외다."

그것도 문제는 문제였다. 맹주가 사사로이 자금을 횡령한 횡령죄가 되기 때문이었다. 그래도 화은설을 암살하려는 것보다는 나았다. 조만간에 제갈세가에서 돈을 갚는다면 별 잡음 없이 마무리 지을 수 있을 터였다.

"다들 무슨 걱정을 하는지는 알겠소."

기해극의 성격에 자금 추적 결과 용도가 설명이 되어도 쉽게 물러나지 않을 것이 뻔했다.

하지만 제갈무외는 별로 걱정하지 않았다. 유일한 증거는 화진악이 남긴 일기장밖에 없었다.

기해극이 조사를 해도 아무 증거도 찾을 수 없을 것이었다. 그렇다면 굳이 자신들이 먼저 손을 쓰는 어리석은 행동을 범할 필요가 없었다.

"화은설을 제거하고 화진악이 남긴 일기장만 찾으면 모든 문제가 해결될 수 있소."

"그건 그렇긴 하지만, 다시 무림맹 안에서 죽이기에는 위험부담이 크지 않소이까?"

"우리 손을 쓰거나 청부를 하지 않고도 화은설을 죽일 방법이 있소."

"그게 가능한 일이오, 맹주?"

정천팔룡이 약속이나 한 듯 고개를 갸웃거렸다.

"곧 있으면 이분기 시험이 있지 않소?"

천무서원의 원생들은 여름방학이 되면 행정 수업을 받기 위해 천하에 흩어진 지부에 가는 관습이 있었다.

원래 무림맹은 천하에 여러 가지 사업장을 가지고 있었다. 전장이나 상단, 그리고 표국, 도박장 등을 운영하며 막대한 수익을 창출하고 그렇게 벌어들인 돈으로 거대한 무림맹을 운영해 나갈 수 있었다.

하나 무림맹의 지부라고 무조건 사업이 잘되는 것만도 아니었다.

어떤 곳은 마도의 세력과 치열한 경쟁을 벌이다 계속 적자를 내는 곳도 있었고, 심지어는 망하는 경우도 있었다. 어떤 곳은 이권과 사업을 놓고 마도와 충돌을 빚고 싸움을 벌이는 곳도 있었다. 하지만 아직까지는 대규모 전쟁으로 확산된 적은 없었다. 잘못하면 정사 대전으로 발발할 수도 있어서 무림맹이나 마도 모두 조심하기 때문이었다.

"산해관 지역에 있는 전장이 무척 어렵다고 들었소."

"그곳이라면 삼 년째 막대한 적자를 내고 있소이다."

"그 이유가 무엇이오?"

"그쪽은 풍운산장의 관할이고 무림맹은 거리가 멀어서 지원이 제대로 이뤄지지 않고 있소."

풍운산장은 마도를 대표하는 세력 가운데 하나였다. 특히 풍운산장의 장주는 마도십대고수에 들어갈 정도로 무공이 강했다.

"안타까운 일이지만, 산해관 지부는 더 이상 가망이 없소이다."

"해서 원로원에서는 반년 안으로 산해관 지부를 정리하자고 결론을 내린 상태이지요."

"후후! 바로 그거요. 이번 여름에 화은설을 그곳에 보내면 어떻겠소?"

흠칫!

정천팔룡이 일제히 제갈무외를 쳐다보았다.

"서, 설마 풍운산장의 손에 죽이자는 것이오?"

"그렇게만 되면 오죽 좋겠소만, 그게 말처럼 가능하겠소?"

"흐흐! 지금부터 본맹주가 세부적인 방법을 설명해 주겠소."

제갈무외의 말이 이어질수록 정천팔룡의 눈빛이 반짝였다. 이것이야말로 자신들의 손에 피를 묻히지 않고도 화은설을 제거할 수 있는 기발한 계책이었다. 화은설은 반드시 죽을 수밖에 없었다. 그리고 화은설이 죽는다 해도 기해극은 의심조차 할 수 없었다.

한편, 뇌강은 제갈무외의 말이 들어오지 않았다. 그는 아까부터 기무결을 떠올리며 속으로 이를 갈았다.

'그 빌어먹을 놈을 어떻게 조져야 속이 편안해질까?'

그는 간밤에 기무결의 공갈 협박에 아얏 소리도 하지 못한 채 물러난 것을 생각하면 창피해서 고개도 들지 못할 지경이었다.

처음에 기무결을 찾아갔을 때만 해도 일장에 쳐 죽일 생각으로 가지 않았던가?

한데 이건 어찌된 게 그가 기무결의 말 한마디에 전전긍긍

한 꼴이니 생각할수록 울분이 치밀어 올랐다.

'그래, 내가 왜 그 생각을 못했을까? 화은설이 밖으로 나가면 놈도 따라 나갈 수밖에 없을 터. 제법 시간이 길어질 텐데, 그렇다면 불안해서라도 보물지도를 가지고 나갈 수밖에 없으리라.'

뇌강이 자리에서 벌떡 일어섰다.

"좋아. 놈을 따라 밖으로 나간다!"

장로들이 황당한 표정으로 뇌강을 쳐다보았다.

"뇌 장로, 이번엔 또 무슨 일이오?"

흠칫!

뇌강은 뒤늦게 사태를 파악하고 기겁을 했다.

"그, 그게 그러니까……."

또다시 다른 생각을 했다고 할 수도 없고, 뇌강은 얼굴을 붉히고 슬그머니 자리에 앉았다.

"어이구, 속 터져 죽겠네."

"지금 이 분위기에 다른 생각이 난단 말이오?"

"끙! 미안하오. 입이 열 개라도 할 말이 없소."

"돌겠네. 진짜 정천구룡만 아니면 그냥……."

뇌강은 창피해서 죽을 지경이었다. 망신도 이런 망신이 없었다. 이 모든 게 기무결 때문이라고 생각하니 더욱 증오와 분노가 치밀어 올랐다.

'으으, 보물지도만 빼앗으면 네놈을 세상에서 가장 잔인하

게 죽여주마!'

三

며칠 뒤면 기말고사였다.

원생들은 시험공부를 하느라 정신이 없었다.

수업을 들으면서 필기 내용을 정리하고, 시험 범위를 요약하고, 그동안 하지 못했던 공부를 하느라 밤을 새워도 부족할 판이었다.

"으악! 이 많은 공부를 언제 다 하냐고?"

"시험이라도 쉬우면 또 몰라. 항상 문제를 어렵게 내서 사람 미치게 만들잖아?"

교실에는 수업이 끝난 오후에도 시험공부를 하는 원생으로 가득했다.

하나, 모두가 바쁘게 움직이는 것은 아니었다.

유독 여유를 부리며 원생들을 불쌍한 표정으로 바라보는 사람이 있었다.

바로 화은설이었다.

그녀는 기말시험 결과와는 무관하게 일등으로 정해졌기 때문에 굳이 시험공부를 할 필요가 없었다.

"아휴, 지루해! 수업도 끝났는데, 다들 집에 안 가?"

일부러 염장을 지르기 위해 한 말이었다.

이번에야말로 자신을 무시했던 자들에게 복수할 절호의 기회였다.

십 년 묵은 체증이 싹 내려가는 기분이었다.

화은설은 이루 말할 수 없을 정도로 마음이 짜릿하고 통쾌했다.

원생들의 얼굴이 약속이나 한 듯 일그러졌다.

화가 나고 열이 뻗쳤지만, 부러워하면 지는 거라는 것을 모두 알고 있었다.

"자자, 그럼 다들 열심히 공부하라구! 후훗."

화은설이 미소를 지으며 교실을 나왔다.

그녀가 나가자 교실 여기저기에서 분통을 터뜨렸지만, 화은설은 가볍게 무시했다.

그때 멀리서 제갈사란과 학인준이 이야기를 나누며 걸어오고 있었다.

학인준이 화은설을 발견하고는 반갑게 말을 걸었다.

"설 매, 이제 집에 가는 것이오?"

"응, 뭐 내가 여기서 할 일이 있어야지. 요즘 같아서는 지루해 죽겠다니깐!"

"하핫, 그러게 나 역시 설 매가 부럽소. 대단한 일을 했으니 마땅히 쉬어야지. 안 그렇소, 제갈 소저?"

"호호, 그… 러게요."

제갈사란이 속으로 입술을 깨물었다. 학인준 앞이 아니었다면 죽는 일이 있어도 화은설을 칭찬하는 일은 절대 없었을 것이었다.

"이보게, 학 공자! 우리 좀 도와주게."

"이걸 어떻게 설명을 해야 하는지 도통 모르겠네."

멀리서 학인준을 부르는 소리가 들렸다.

"설 매, 나는 들어가 보겠소. 조심히 들어가시오."

"응, 학 공자도 수고해!"

학인준이 멀리 사라지자 제갈사란이 도끼눈을 뜨고 화은설을 째려보며 말했다.

"흥! 지루해 죽겠다고? 어쩌다 일등 한 번 한 거 가지고 너무 유세 떠는 거 아니니?"

"어머! 그렇게 보였다면 미안해요, 언니! 바쁜 것 같은데, 내가 공부 좀 도와드려요?"

화은설이 인심을 쓰듯 말했다.

"네 도움? 아! 그러고 보니 하나 생각나는 게 있구나! 지금 당장 내 눈앞에서 꺼져 줬으면 좋겠어. 네가 안 보이는 게 도와주는 거야."

"쳇! 인지상정이라더니 나도 언니 얼굴만 보면 짜증이 나던 참이었는데 잘됐네요. 그럼 하던 공부나 열심히 하세요. 뭐, 어차피 일등도 할 수 없을 테지만."

"뭐야?"

"사실이 그렇잖아요."

화은설과 제갈사란이 험악한 표정으로 서로를 노려보았다.

"그럼 나는 이만 집에 가서 산책이나 해볼까?"

화은설이 제대로 염장을 지르고 돌아섰다.

제갈사란이 갑자기 뒤에서 깔깔 웃었다.

"호호! 네가 언제까지 그렇게 기고만장할 수 있을지 궁금하구나!"

화은설은 가던 길을 멈추고 뒤돌아 봤다.

"그건 또 무슨 말이죠?"

"삼분기에는 비무대회가 예정되어 있어서 하는 말이야! 작년에 화씨세가의 그 잘난 무공이 우리 제갈세가의 무공에게 깨졌지, 아마?"

화은설은 아무 말도 할 수 없었다.

그녀는 무너진 집안을 일으키기 위해 화씨세가의 무공만 고집했다.

그에 반해 제갈사란은 세가의 무공에 천무서원에서 배운 무공까지 사용했다. 결과는 백 초까지 가서 반 초식 차이로 패했지만, 세간에는 화씨세가의 무공이 제갈세가의 무공에게 밀렸다고 알려지고 말았다.

"호호호!! 가서 무공 연습이나 하는 게 어떠니?"

제갈사란의 웃음소리가 떠나갈 듯 울려 퍼졌다.

'으으! 올해는… 반드시 꺾어주고 말겠어!'

화은설은 이를 악물고 몇 번이고 다짐을 했다.

四

"그래, 비무가 있었어!"

화은설은 일 년이 지났지만 아직도 작년의 패배를 잊을 수
없었다.

그녀가 화씨세가의 무공을 고집하는 건 결코 객기가 아니
었다. 화씨세가의 무공으로 성공하지 않으면 죽은 아버지 명
예를 회복할 수 없기 때문이었다.

그녀는 제갈사란을 꺾기 위해 지난 일 년 동안 미친 듯이
수련에 정진했다.

하지만 이러다 할 성과를 만들어내지 못했다. 화씨세가의
무공이 남자들에게 더 어울리기 때문에 여자들이 배울 때는
한계가 있었다. 그래서인지 어느 순간부터 무공이 정체되어
발전을 하지 못하고 있었다.

"이번에는 반드시 승리해야 해!"

화은설은 마음을 다잡았다. 작년에 제갈사란에게 지고 얼
마나 눈물을 흘리고 속상해했던가?

그녀는 저녁을 먹는 둥 마는 둥 하고 정원으로 향했다. 모
든 근심을 접어두고 수련을 하기 시작했지만, 이내 얼굴을 찌
푸리고 말았다.

"휴! 역시 검풍만장각은 안 되는구나!

화씨세가의 무공은 검법과 권법, 장법과 각법을 모두 활용하는 것이 특징인데, 그래도 순서가 있다. 즉, 검법으로 상대를 공격하고 장법으로 방어한 다음 각법으로 상대의 빈틈을 노리는 것이 좋은 예였다.

하지만 검풍만장각은 한 번에 검법과 권법, 장법 그리고 각법을 모두 쏟아내는 것으로 화씨세가 무공의 정화가 담겨 있다 해도 과언이 아니었다.

문제는 어떻게 해야 이 모든 것을 한꺼번에 펼칠 수 있느냐였다.

화은설은 지난 일 년 동안 검풍만장각을 펼치려고 노력을 했지만, 아직까지 갈피를 못 잡고 있었다. 펼치려고만 하면 자세가 꼬이고 중심이 무너져서 오히려 상대의 공격을 허용하는 치명적인 결과를 낳곤 했다.

"역시 혼자서는 안 되는 걸까?"

최근에는 확실히 한계가 느껴졌다.

도무지 발전할 기미를 보이지 않았고, 뭔가 거대한 벽에 막혀 있는 기분이었다.

그때, 문득 기무결이 한 제안이 떠올랐다.

그때는 외인에게 가전무공을 전해줄 수 없다고 딱 잘라 거절하긴 했지만, 사실 마음 한쪽에선 마음이 움직였다.

옛말에 일인불과이인지(一人不過二人智:아무리 똑똑한 사람도 혼자서 두 사람의 지혜를 넘지 못한다는 뜻)라고 했다.

더구나 기무결은 내공심법은 가르쳐 줄 필요 없이 그저 초식만 알려달라고 했었다. 내공심법 없는 초식은 빈껍데기나 마찬가지였다.

"으음."

화은설이 속으로 갈등했다.

초식만 전해준다면 별문제될 것이 없긴 했다.

화씨세가의 무공을 외인에게 가르쳐 주는 게 아닐뿐더러 기무결과 비무를 하다 보면 자신이 미처 몰랐던 것을 깨달을 수 있을지 몰랐다.

'그게 아니더라도 실력은 지금보다 늘겠지.'

그녀의 목적은 화씨세가를 다시금 일으켜 세우는 것이었다.

생각해 보면 굳이 손해 보는 일이 아니었다. 어쩌면 자신이 먼저 기무결에게 비무를 해달라고 제안을 해도 부족한 상황이었다.

그녀는 즉시 기무결을 찾아갔다.

초식을 가르쳐 주면 매일 비무를 할 것, 이것이 그녀가 내건 조건이었다.

"그거야 제가 원하던 일입니다."

기무결이 뛸 듯이 좋아한 것은 당연했다.

그렇게 기무결과 화은설의 무공 수련이 시작되었고, 각자의 부족함을 채워 나갔다.

五.

"이야, 시험 끝이다."

"드디어 지긋지긋한 시험으로부터 해방이군."

"젠장, 해방은 무슨. 나는 기말고사를 완전 망쳤네!"

"누군 아닌 줄 아나? 이럴 줄 알았으면 밤새지 말고 그냥 잠이나 잘걸."

"그래도 너무 슬퍼하진 말게나. 우리에겐 여름방학이 남아 있지 않나?"

"후후! 여름방학 생각하니까 시험을 망쳐서 우울했던 기분 이 조금은 좋아지는군."

원생들은 시험을 끝낸 아쉬움을 뒤로하고 여름방학 계획 을 세우기 시작했다. 여름방학이라 해도 실습이다 뭐다 해서 바쁘긴 하지만, 계획만 잘 세우면 충분히 재밌게 놀 수 있는 방법이 있었다.

그때였다.

뺀질거리게 생긴 원생이 문을 벌컥 열고 헐레벌떡 뛰어왔 다.

"이보게! 이보게! 내 방금 행정실에 갔다가 선생님들이 하 는 말을 우연히 들었는데, 아주 엄청난 소식일세."

"무슨 말을 하려고 그리 호들갑인가?"

"천무서원에서 여름방학마다 행정 실습 나가는 거 있지 않나?"

"지부에 가서 행정을 배우는 거 말인가?"

"그래, 바로 그거."

"그게 뭐 어쨌다는 건가?"

"아, 글쎄 이번에는 사업이 어렵거나 힘든 곳을 몇 군데 선정해서 이윤을 높이는 과제를 맡긴다고 하네."

"뭐라고? 그럼, 우리보고 사업을 하란 말인가?"

"쉽게 설명하자면 그렇지."

"에이, 그건 말도 안 되는 소릴세."

"암, 그렇고말고. 우린 무림맹의 미래를 짊어질 후기지수들이지 사업을 할 상인이 아니지 않나?"

이건 천무서원의 취지하고도 맞지 않았다.

"그거야 그렇긴 한데, 정말 중요한 건 말일세. 이번에 목적을 달성한 사람은 월반을 시켜준다고 하네."

"워, 월반?"

"그렇게 중요한 게 있었으면 진작 말을 했어야지."

원생들이 하나같이 눈빛을 반짝거렸다. 입안에서 갈증이 이는 사람도 있었다.

월반은 그리 쉽게 주어지는 것이 아니었다. 지금까지는 성적이 우수한 사람만이 월반이 되거나 조기졸업을 할 수 있었다.

한데 저번에는 월반과 조기졸업이 걸리더니 이번에는 월반이 또다시 걸린 것이다. 갑자기 천무서원의 운영진 쪽에서 인심이 후해진 느낌이었다. 이런 적은 천무서원이 생기고 난 이후 처음인 것 같았다.

하지만 아무려면 어떤가?

자주 오는 기회가 아닌 만큼 원생들의 의욕이 넘쳐흘렀다.

"좋아, 이번에는 반드시 월반을 하고 말겠어."

"후후! 냉수 먹고 꿈들 깨시지. 월반은 바로 내 것일세."

천무서원은 모두 오 년 과정이었다.

그중에서 그들은 이제 겨우 이 년차.

월반을 하면 그만큼 졸업을 앞당길 수 있어서 좋고, 또 사람들의 주목을 한 몸에 받을 수 있어서 좋았다.

그리고 화은설은 다음 학기부터 월반이 되어 삼 년차로 올라갈 예정이었다.

"얍!"

"차앗!"

정원에서 기무결과 화은설이 비무를 벌이고 있었다.

먼저 공격을 펼친 건 화은설이었다. 그녀는 빠른 속도로 기무결 안으로 파고들며 검을 쭉 뻗어 기무결의 목을 찔러갔다. 기세가 날카롭고 사납기 그지없었지만, 그녀의 검에는 내공이 실려 있지 않았다.

그들은 공력을 일으키지 않고 초식만 사용했다.

한데도 실전에서 싸우는 것처럼 기세가 흉흉하기 짝이 없었다.

기무결이 검을 비스듬히 세워 화은설의 검을 막았다.

차앙!

두 개의 검이 부딪치며 금속성이 터져 나왔다.

화은설의 검이 옆으로 튕겨져 나갔다. 하지만 검법은 처음부터 허초였다. 어느새 그녀의 몸이 빙그르 움직이며 오른쪽 발로 기무결의 뒤통수를 걷어찼던 것이다. 검이 튕겨져 나간 것과 몸이 회전한 것은 거의 동시에 벌어진 일이었다.

'볼 때마다 놀랍군.'

접근전에서는 화씨세가의 무공을 당해낼 재간이 없었다.

언제 어디서 공격이 들어올지 예측하기 어려웠고, 허초와 실초가 수시로 바뀌기 때문에 방어하는 것도 힘들었다.

하지만 기무결은 지난 십여 일 동안 화은설에게 초식을 배우고 비무를 하면서 경험을 쌓아가고 있었다. 워낙 온몸을 격렬하게 사용하는 무공이라 단시간 안에 초식을 터득하는 것은 그리 쉬운 일이 아니었다.

"하얏!"

기무결이 재빨리 무릎을 구부려 화은설의 공격을 피했다. 그리고는 바닥을 한 바퀴 굴러 화은설의 하체를 공격해 나갔다. 이 모든 동작이 화씨세가의 무공으로, 화은설에게 배운 것을 착실하게 펼치고 있었다.

그때였다.

갑자기 화은설이 동작을 멈췄다.

"그게 아니지. 여기서는 그렇게 하는 게 아니잖아?"

그녀는 직접 자세를 취해가며 시범을 보였다.

"내가 이렇게 공격을 했잖아? 무릎을 꿇고 하체를 낮춰서 피한 것까지는 좋아. 그럼, 다음에는 바닥을 굴러서 피할 게 아니라 이렇게 몸을 틀고 팔을 써서 공격을 해야지."

화씨세가의 무공은 피하고 난 다음에는 반드시 반격을 펼치는 것이 특징이었다.

하나 말이 쉽지, 온몸을 사용하는 건 그리 쉬운 일이 아니었다. 몸이 저절로 반응할 때까지 수련을 하지 않으면 자세만 엉거주춤하게 되고 오히려 상대에게 빈틈을 허용하기 십상이었다.

기무결이 불만스러운 표정으로 툴툴거렸다.

"으이구, 그 동작은 어제 배운 거잖아요? 그 초식이 얼마나 익히기 어려운 줄 알아요?"

기무결은 화은설에게 초식을 배우면 밤새도록 수련을 했다. 단지 초식만 익히는 것인데도 온몸을 사용하는 것인지라 한 동작을 펼치고 다음 동작으로 넘어가는 부분이 계속 부자연스럽게 버벅거렸다.

그도 그럴 것이 사람이 걸음을 걸을 때 오른쪽 발을 움직이면 왼쪽 팔을 앞으로 내밀어야 자연스럽게 걸을 수 있었다.

하지만 화씨세가의 무공은 왼쪽 발을 움직일 때 왼쪽 팔을 앞으로 내미는 격이었다. 뭔가 어색하고 부자연스럽고 상식적으로 이치에 맞지도 않았다.

하나 신기하게도 자세만 익숙하게 된다면 엄청난 파괴력이 흘러나왔다. 형식파괴 속에서 위력이 증폭되는 것. 그것이 화씨세가 박투술의 요점이라 할 수 있었다.

아무튼 자세가 익숙해지려면 수많은 수련을 통해 몸이 저절로 움직이게 하는 방법밖에 없었다.

"어제 배웠으면 자연스럽게 펼치진 못해도 어느 정도 응용은 할 줄 알아야지. 거기에선 그런 동작으로 펼치는 게 아니라구."

"나도 그때 몸을 틀고 팔을 써서 반격해야 하는 건 알고 있었습니다. 하지만 그 자세는 익힌 지 얼마 되지 않아 펼쳤다가는 오히려 허점만 노출했을 거라구요."

"그 말은 설마 뇌려타곤의 자세로 바닥을 굴러 나를 공격한 것이 처음부터 의도했다는 거야?"

"당연하죠. 아까 아가씨가 내 뒤통수를 걷어차는 바람에 하체에 허점이 드러났으니까요."

기무결이 아까 했던 자세를 다시금 시연했다.

그는 바닥을 굴러 화은설의 뒤로 돌아갔다. 그리고는 검을 내밀어 화은설의 허리를 찌르는 시늉을 했다.

"어때요? 꼼짝할 수가 없겠죠? 아까는 팔을 사용하는 것보다 검을 이용하는 게 더 효과적이었다구요."

"이건 우리 가문의 무공이라고 할 수가 없잖아?"

"변칙인 셈이죠. 꼭 방어한 다음 반격을 해야 할 필요는 없잖아요? 방어한 다음 피하고 그다음 반격을 하면 오히려 위력이 높아질 수도 있다구요."

"으음."

화은설은 속으로는 느껴지는 것이 있었다. 기무결이 펼친 자세는 모두 그녀가 가르쳐 준 초식들이었다. 하지만 전혀 다른 무공으로 보인 건 기무결이 순서를 약간 변형시켰기 때문이었다.

'순서만 변형시켜도 전혀 다른 무공처럼 보일 줄이야……'

사실 기무결의 말은 아주 간단한 것이었다.

하지만 화은설은 그 간단한 이치를 전혀 생각하지 못했던 것이다.

그녀는 불현듯 머릿속에 떠오르는 것이 있었다. 지금은 검풍만장각을 터득할 자신이 없었다. 아마 이대로 가면 또다시 가을 비무에서 제갈사란에게 패할 가능성이 높았다.

하나 기무결이 말한 방법으로 순서를 변형시키면 이길 확률이 조금은 올라갈 것이었다.

"기무결, 아무 초식이든 좋으니까 나를 공격해 봐."

"그래서요?"

"순서만 바꾼다고 위력이 높아지는 건 아닐 거 아냐? 그러니까 어떤 상황에서 어떤 식으로 순서를 바꿔야 더 효과가 높아지는지 비무를 통해 실험을 해보자구."

화은설의 눈빛이 반짝거렸다. 변태 종놈도 나름 쓸모가 있었다.

"끙! 원래 나에게 초식을 가르쳐 줘야 하는 거 아니에요?"

"시끄러워! 같이 연구하면 너도 좋지 뭘 그래?"

그렇게 기무결과 화은설의 무공 수련은 새로운 전기를 맞고 있었다.

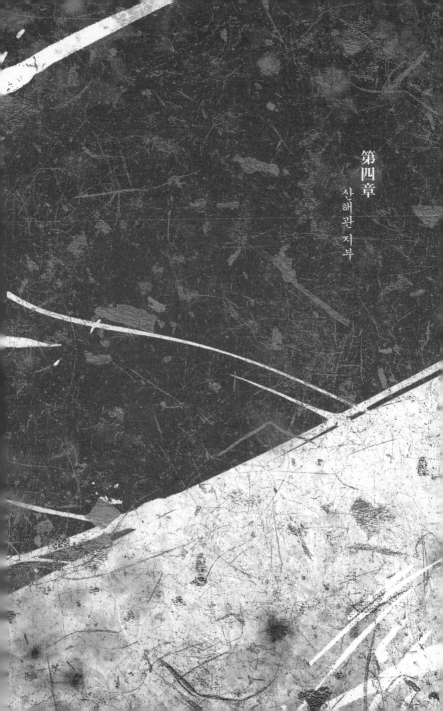

第四章
산해관지부

一

천무서원은 아침부터 분주했다.

오늘이 바로 여름방학이 시작되는 날이었다.

그리고 방학과 동시에 행정을 배우기 위해 각지에 흩어진 무림맹 지부로 떠나는 날이기도 했다.

하나 이번엔 평소와는 방식이 달랐다. 단순히 행정을 배우는 것이 아니라 적자를 면치 못하는 사업장에 가서 이윤을 높이는 것이 과제였다.

여기까지는 원생들도 이미 들은 것이 있어서 예상하고 있던 일이었다.

하지만 이번에는 철저히 혼자서 해결해야 한다는 단서가

달렸다. 조를 짜고 조원끼리 같이 움직이는 방식이 아니었다. 오직 개인의 능력을 평가하는 것이기에 가장 성적이 우수한 한 사람만이 월반을 할 수 있었다.

원생들을 한 번에 다 무림맹 지부에 보내는 건 어려웠다.

적자를 기록하는 곳이 많아 봐야 십여 군데 정도에 불과했고, 겨우 흑자를 기록하는 것까지 합쳐 봐야 삼십여 곳밖에 되지 않기 때문이었다.

해서 천무서원은 가는 순번을 정했다.

여름방학을 두 달에서 석 달로 늘렸고, 삼십여 명씩 세 개 조로 나누면 여름방학 동안 모든 원생을 평가할 수 있었다.

"…이것이 천무서원의 방침이다. 각자 출발하는 날짜는 앞에 게시판에 붙여놓았다. 잘 다녀오도록!"

담당 선생의 설명이 끝났을 때, 원생들은 보통 혼란스러웠던 것이 아니었다.

그들은 이미 조원들을 결정하고 조를 짜두었기 때문이었다.

"학 공자는 몇 번째 조에 뽑혔나?"

"나는 이 조에 뽑혔네."

"휴, 다행이군. 나는 세 번째니 학 공자와 경쟁을 하지 않아도 되잖아?"

"후훗! 이번 시험은 같은 조에 있는 사람들끼리 경쟁하는 게 아니지 않나?"

"그래도 괜히 자네와 같은 조에 있으면 부담이 돼서 하는 소릴세."

학인준은 빙그레 웃으면서도 걱정스러운 눈빛으로 화은설을 쳐다보았다. 화은설은 일 조에 뽑혀서 오늘 무림맹을 떠나기 때문이었다.

'설 매, 이번에도 잘하시오.'

그러다 화은설 옆에 서 있는 기무결을 보고 눈살을 찌푸렸다.

'저 마부 자식도 가는군.'

학인준은 기무결이 화은설 옆에 있는 모습만 봐도 짜증이 치밀었다.

하나 정작 그 자신은 그게 질투라는 것을 꿈에도 생각하지 못했다. 천하의 학인준이 일개 마부를 상대로 질투할 리 없다고 생각한 것이다.

한편 기무결은 우거지상을 하고 있었다.

이 무슨 운명의 장난인지. 천무서원의 원생들은 무림맹에 있는 시간보다 밖으로 떠도는 시간이 더 많은 것 같았다.

이놈의 마부 팔자도 문제였다.

이번에 나가면 한 달 뒤에나 돌아올 수 있었다.

"아가씨, 저희가 가는 곳이 어디입니까?"

"북경 끝자락에 있는 산해관 지부라는 곳이야."

"그렇게 먼 곳까지 갑니까?"

"제비뽑기를 했는데 재수가 없었던 거지, 뭐."

"킁! 재앙의 성녀는 뭐가 달라도 다르군. 대막이나 변황에 안 가는 게 어디냐?"

"뭐라고?"

화은설이 쌍심지를 켜고 기무결을 노려보았다.

"헤헤! 농담입니다, 농담! 그나저나 산해관 지부에 대한 정보는 얼마나 알고 있는데요?"

"글쎄… 몇 년 동안 적자가 계속돼서 반년 뒤에 문을 닫을 수도 있다는 것 외에는 나도 잘 몰라."

"쩝! 그렇다면 힘들게 갈 필요도 없겠네요."

"지금 너 내 능력을 무시한단 말이지?"

"언제 능력을 보여준 적이 있어야 말이죠."

"으으, 두고 봐. 이번에는 기필코 한 달 만에 최고의 흑자를 기록해서 지부를 살리고 말 테니까."

그때 옆에서 영영이 끼어들었다.

"근데요, 아가씨! 아가씨가 사고를 쳐서 한 달 만에 지부가 쫄딱 망하면 이번 평가는 어떻게 되는 거예요?"

"영영, 너! 산해관 가기 전에 황천길부터 갈래?"

화은설이 마차를 타고 무림맹을 떠나는 모습을 멀리서 지켜보는 사람들이 있었다.

바로 제갈무외와 정천팔룡이었다.

"클클! 저 모습이 마지막이겠군."

"그야 당연하지 않소? 상대는 풍운산장의 장주요. 그 화급한 성질에 누군들 살아남을 수 있겠소?"

"시신이라도 온전히 남아 있다면 그나마 다행일 테지."

"흐흐, 드디어 앓던 이를 뽑을 수 있겠군."

상대는 마도십대고수 중 한 명이었다.

더구나 풍운산장은 산해관을 넘어 북경의 무림을 제패한 극강의 세력이기도 했다. 무림맹도 풍운산장과의 마찰을 피하기 위해 산해관 지부를 정리하려 할 정도였다. 하물며 화은설 혼자라면 두말할 나위도 없었다.

이번엔 요행 따위는 통하지 않았다.

화은설은 무조건 풍운산장의 손에 죽을 수밖에 없을 터였다.

한편 뇌강은 마음이 급했다. 화은설이 죽으면 마부인 기무결도 무사할 리 없을 터. 그전에 보물지도와 비급을 빼앗아 와야 했다.

'혹시라도 풍운산장이 기무결을 죽이는 과정에서 보물지도가 발견이라도 되면?'

뜨악!

그건 있을 수 없는 일이었다.

그는 제갈무외와 정천칠룡의 시선이 모두 마차에 쏠려 있는 틈을 타서 은밀하게 몸을 뺐다.

어느새 마차는 작은 점으로 변해 정천팔룡의 시야에서 사라져 가고 있었다.

"에효, 앞으로 잠은 편히 잘 수 있을는지 모르겠지만, 우리 체면에 고작 계집 하나 죽이고 좋아하자니 그것도 못할 짓이오."

"쯧쯧, 찢어진 일기장만 찾았어도 이렇게까지 하지는 않았을 텐데……."

제갈무외가 지그시 눈을 감고 옛일을 떠올렸다.

'그러게 이 친구야, 죽을 걸 빤히 알면서 왜 그 일을 반대했나? 황실은 너무 썩었고, 어차피 세상은 바뀔 수밖에 없거늘. 자네가 뜻을 같이했다면 우리가 굳이 자넬 죽이는 일도 없었을 것 아닌가?'

항간에는 그와 화진악의 사이가 좋지 않다고 알려져 있지만, 꼭 그런 것만은 아니었다. 그와 정천팔룡이 손을 쓰기 직전까지만 해도 화진악에게 마음을 돌려줄 것을 간곡하게 부탁했던 것이다.

지금도 그랬다.

그는 마음 같아서는 화은설만은 살려주고 싶었다.

하지만 그녀가 살아 있으면 자신들의 목숨이 위태로웠다. 게다가 그들이 지난 십 년 이상 준비해 온 거사가 이제 곧 시작되려 하고 있었다.

'자네 딸은 살려주겠다고 약속을 했지만 이제 그 약속도 지킬 수 없을 듯싶으니……. 그렇다고 너무 원망하진 말게.

이 모든 게 다 자네가 자초한 일이니까!'

二

산해관에 들어서자 가장 먼저 만리장성을 볼 수 있었다.

지부는 산해관 남쪽 끝자락에 있었다. 바로 앞에 바다가 보여서 전망이 탁 트여 있었지만, 장원은 낡고 오래된 건물이었다.

끼익!

문을 열고 장원 안으로 들어서자 문짝이 금방이라도 떨어질 듯 삐걱거렸다.

"여기가 정말 무림맹 지부가 맞긴 맞아?"

화은설은 혹시 잘못 찾아온 것은 아닐까 의심이 들 정도였다.

정원에는 잡초만 무성했고, 전각은 서까래가 깨지고 처마가 부서져 볼품없는 모습을 연출하고 있었다.

"아가씨, 아무래도 저희가 폐가에 온 것 같은데요?"

영영은 금방이라도 귀신이 나올 것 같은 기분에 화은설의 팔에 매달렸다.

"그러게. 이건 뭐, 폐가라고 해도 믿겠어!"

화은설이 눈살을 찌푸렸다.

분위기가 을씨년스럽다 못해 귀기마저 흐르는 곳이 무림

맹의 지부라니 눈으로 보지 않고서는 믿기 힘든 일이었다.

그때였다.

백발이 성성한 노인이 등 뒤에 지게를 지고 월동문을 나오다 그들을 발견하고 우뚝 멈춰 섰다.

"요즘 손님이 도통 오질 않는데, 어디서 오신 분들이시오?"

끙!

'잘못 찾아온 건 아니로군.'

화은설이 노인에게 말했다.

"우린 무림맹에서 나왔어요. 당주를 만나고 싶은데, 안내해 주시겠어요?"

상부에서 나왔다면 당연히 반갑게 맞아야 정상이었다.

하나 노인은 시큰둥한 표정으로 말했다.

"설마 그대들이 전부요?"

"나는 천무서원의 화은설이라 하고 여기에 있는 아이는 시녀 영영, 그리고 저쪽은 마부 기무결이에요."

"노, 농담이겠지. 세 명도 부족한 마당에 그중 두 명은 시녀와 마부라고?"

노인은 혈압이 끓어오르는 것을 간신히 참았다.

"에효, 내 팔자야. 이놈의 무림맹이 반년 뒤에 이곳을 접긴 접을 모양이네!"

노인이 산해관 지부의 당주였다.

그의 이름은 마효였고, 십 년 전까지만 해도 무림맹 본단에서 조직을 맡은 경력도 있었다.

하지만 노름 때문에 돈을 횡령한 사실이 밝혀져 산해관 지부로 좌천되어 지금까지 쭉 이곳에만 있었다.

"당주님, 이럴 순 없습니다."

"맞습니다. 이건 우리를 무시하는 처사라구요."

산해관 지부의 사람들은 크게 격앙되어 있었다.

그들은 오래전부터 무림맹 본단에 지원을 요청했었다.

하나 그때마다 본단에서는 알았다며 차일피일 미루기만 했다. 지금까지 인력 파견은 고사하고 제대로 된 자금 지원 한번 이뤄진 적이 없었다.

그사이 백 명이 넘던 직원이 지금은 대부분 떠나 이십여 명밖에 남지 않았고, 그나마도 육 개월 이상 월급이 밀린 상태였다.

당연히 부서진 전각을 수리하고 꾸밀 여유가 있을 리 없었다.

마효를 비롯해서 모든 직원은 밥을 먹는 날 보다 굶는 날이 더 많았다.

그래도 어떻게든 버틸 수 있었던 것은 본단에서 지원해 주면 살아날 수 있다는 희망 때문이었다.

하지만 이젠 그 희망마저 사라진 기분이었다. 그들은 허탈하다 못해 분노가 치밀어 오를 지경이었다.

"제길, 딸랑 한 명 보내주고 뭐가 어쩌고 어째? 한 달 안으로 흑자를 내라고?"

"우라질, 이게 무슨 애들 장난이야?"

무림맹주가 직접 와도 어려운 판국에 겨우 한 명이라니.

이게 어디 가당키나 한 일인가?

"당주님, 이제 그만둘랍니다."

"쓰바. 이럴 줄 알았으면 지난달 왕리 형님 나갈 때 같이 따라 나가는 건데."

십여 명의 사람이 미련 없이 나가 버렸다. 갑작스런 퇴사에 마효는 속으로 끙끙 앓기만 했다.

그도 그럴 것이 그동안 밀린 월급 달라고 하지 않고 조용히 나간 것만 해도 마효는 고맙게 느껴졌다.

가뜩이나 썰렁하던 산해관 지부는 순식간에 십여 명이 빠져나가자 더욱 썰렁하게 변했다. 이젠 정말 지금 당장 망해도 전혀 이상할 것이 없어 보였다.

마효는 남아 있는 사람들을 돌아보며 말했다.

"자네들도 떠나고 싶으면 지금 나가게."

"에효, 나가고 싶은 마음이야 굴뚝같긴 한데······. 어디 갈 데라도 있어야 말이죠."

"이 나이에 집에서 놀면 애들 눈치나 보이고. 차라리 여기서 빈둥빈둥 노는 게 더 낫습니다."

남은 사람은 대부분 머리가 희끗희끗한 노인이었다.

젊은 사람도 두어 명 있긴 있었지만, 어딘가 모자라서 별 도움이 안 되는 사람들이었다.

"어이구, 산해관 지부가 어쩌다 이 지경이 됐나?"

마효는 나오느니 한숨밖에 없었다.

하나 그를 더욱 당혹스럽게 만드는 것이 있었다.

바로 본단에서 내려온 정천구룡의 지침이 그것이었다.

─인력을 파견해 줄 테니 이번에 있을 다리 공사에 입찰을 하게. 성공하지 못해도 입찰만 하면 당주를 본단으로 부르겠네. 그러니 본단에 오고 싶으면 반드시 입찰을 넣으라는 말이네.

이것들이 제정신이 아니었다.

산해관 지부는 배를 만들긴 했지만, 다리를 건설하거나 집을 짓는 일은 해본 적이 없었다.

한데 난데없이 다리 수주를 따내라니.

입찰을 넣는 게 그리 쉬운 게 아니었다. 먼저 자격 조건을 갖춰야 하는데, 여기엔 건축 기술자들과 인력, 그리고 자본 등 모든 것이 망라되어 있었다. 이런 조건이 갖춰지지 않으면 입찰을 넣을 수조차 없었다.

"겨우 화은설 한 명 보내주고 인력 파견? 도대체 이놈들이 무슨 꿍꿍이를 벌이는 건지……."

마효는 눈살을 찌푸렸다.

건축과 건설은 풍운산장의 주전공이라 할 수 있는 일이었다. 잘못하다 입찰 과정에서 풍운산장과 마찰을 빚을 수도 있었다.

그럼 상황은 지금보다 더욱 악화될 것이 뻔했다.

어차피 입찰을 해도 가망이 없는 일을 왜 굳이 풍운산장과 경쟁을 하면서까지 하라는 건지 이해할 수 없었다.

그래도 그에겐 거부할 수 없는 유혹이었다.

입찰을 넣기만 해도 그렇게 바라고 원하던 본단으로 들어갈 수 있기 때문이었다.

三

한편, 저 멀리 은밀한 곳에서 그들의 동태를 유심히 지켜보는 눈이 있었다.

바로 뇌강이었다.

그의 얼굴은 잔뜩 일그러져 있었다.

"빌어먹을, 산해관까지 오게 될 줄이야! 무슨 마부 하나 처리하는 게 이렇게 어려워?"

그는 처음엔 적당한 곳에서 기무결을 처리하고 지도와 무공비급을 빼앗을 생각이었다.

하지만 황당하게도 좀처럼 기회가 생기지 않았다. 화은설이 딱 붙어서 잠시도 떨어지지 않았던 것이다. 그렇게 기무결이 혼자가 될 때만 엿보다 결국 산해관까지 따라오고 말았다.

생각할수록 기가 막힐 일이었다.

이번에도 지도와 무공비급을 얻는 계획은 실패로 돌아가고 말았다.

"으으, 저 두 사람 관계가 도대체 뭐냐? 무슨 마부와 주인이 항상 붙어 다녀?"

밥을 먹을 때도 함께였고, 심지어 잠을 잘 때도 같은 공간에서 잤다. 이건 누가 봐도 연인 사이였다.

"무슨 사이든 상관없다. 산해관에 왔으니 한 번은 떨어질 날이 오겠지."

정상적이라면 빨리 무림맹으로 돌아가야 했다. 아무 얘기도 하지 않고 무림맹을 떠났기 때문에 분명 제갈무외를 비롯해서 정천팔룡이 자신을 찾을 게 뻔했다.

하나 이젠 약이 오르고 오기가 생겨서라도 이대로 돌아갈 수는 없었다.

"기무결, 이놈! 그동안은 운이 좋아 용케 버티긴 했다만 그놈의 운도 앞으로 며칠 남지 않았다. 네놈을 죽일 때는 절대 곱게 죽이지 않을 테다."

빠드득!

뇌강은 기무결을 향해 이를 갈고 또 이를 갈았다.

상견례 자리가 열린 건 저녁때가 다 되어서였다.

화은설은 성대한 연회는 기대하지도 않았다.

하지만 대청에 모인 사람이 겨우 열 명밖에 안 된다는 사실에 한동안 말을 잇지 못하고 말았다. 그것도 대부분 노인이었다. 이 사람들을 데리고 무슨 일을 하라는 건지 생각만 해도 앞이 캄캄해졌다.

"지금 장난해요? 사람이 왜 이거밖에 없는 거예요?"

화은설이 가진 보고서에는 이십여 명이 있다고 적혀 있었다.

"험험! 아까 십여 명이 그만두었습니다."

"아니, 왜요?"

"끙! 그걸 몰라서 묻는 겁니까?"

"설마 나 때문이라는 거예요?"

화은설이 믿기 어렵다는 표정으로 물었다.

"이번에 본단에서 인력을 파견해 준다기에 내심 기대하고 있었습니다. 한데 고작 아가씨 한 명밖에 오지 않았으니 다들 실망할 수밖에요."

"아무리 그래도 그렇지……. 이건 너무하잖아?"

화은설이 망연자실 넋을 잃고 말았다.

이럴 수는 없었다. 이래서는 시작도 하기 전에 지부가 망할 수도 있었다. 원래 처음부터 힘든 일이 이제는 최악의 상황으로 돌변하고 만 것이다.

한편 기무결은 한쪽에서 묵묵히 듣고 있다가 고개를 좌우로 흔들었다.

'끝났군, 끝났어!'

사람들이 일제히 그만둘 줄은 예상하지 못한 일이었다.

하나 그들이 그만두지 않아도 어차피 결과는 마찬가지였을 것이다. 아니, 달라지는 일이 있긴 있는 거 같았다.

사람들이 그만두지 않았다면 무슨 일이든 해보다 실패했겠지만, 대부분 노인밖에 없는 지금은 아무 일도 하지 못하고 실패할 것이었다.

'쯧쯧, 그게 무슨 상관이냐?'

자신하고는 아무 관련 없는 일이었다.

하긴 뭐, 번거로운 일을 피할 수 있어서 다행이다 싶었다.

'아함!'

기무결은 가볍게 기지개를 켜고 밖으로 나왔다.

이곳까지 오면서 화은설과 꾸준히 무공 수련을 했었는데, 여기에 있는 한 달 동안 수련이나 하면서 시간을 때울 생각이었다.

"어디 조용히 수련할 장소나 찾아볼까?"

그렇게 산해관 지부에서 한 달 동안의 여정이 시작되고 있었다.

四

마부가 천대받는 직업이긴 해도 나름 좋을 때도 있었다. 마차를 몰 일이 없으면 하루 종일 놀아도 누구 하나 눈치 주는 사람이 없었다. 때 되면 밥도 주고, 졸리면 낮잠도 실컷 때릴 수도 있고. 생각해 보면 이보다 더 좋은 직업도 없는 것 같았다.

기무결은 아침을 먹고 잠깐 수련을 한 뒤 늘어지게 잠을 자고 일어났더니 어느새 태양이 중천에 떠 있었다. 빈둥빈둥 놀고먹는 데도 전혀 지루하지 않았다.

"클클! 벌써 점심 먹을 때가 됐나?"

늘어지게 잤더니 기분까지 상쾌해지는 느낌이었다.

기무결은 산해관 지부에 온 이후로 유유자적의 삶을 보내고 있는 중이었다.

그는 머리를 벅벅 긁으며 식당으로 향했다.

식사는 화은설의 처소로 배정된 곳에서 하고 있었다. 지부의 후원에 있는 별채로 낡고 오래된 건물이긴 했지만 아담하고 예뻐서 손님들이 머물기에는 적당한 곳이었다.

"기 마부 왔어요?"

영영은 한창 점심을 준비하고 있었다.

"오늘 점심은 뭡니까?"

"미, 미안해요. 내가 낮잠을 자느라고…… 헤헤! 점심은 아침에 먹던 음식을 다시 먹어야 할 것 같아요."

그러고 보니 영영의 입가에 침이 묻어 있었고, 머리도 부스스했다.

"후훗! 피곤하면 자야죠. 밥이야 뭐, 아무렇게나 먹으면 어떻습니까?"

"헤헤, 어찌 된 게 자도자도 졸리네요."

영영도 할 일 없이 빈둥대기는 마찬가지였다.

하기야 지부에 일거리가 없어서 모두가 노는 판국에 그녀라고 딱히 할 일이 있을 턱이 없었다.

그나마 화은설의 식사는 그녀가 직접 챙기고 있었다.

기무결이 안으로 들어서자 화은설이 무서운 표정으로 앉아 있었다.

"왜 이렇게 늦게 와?"

"달리 할 일도 없고 해서……."

기무결이 어깨를 으쓱거려 보였다.

화은설은 어찌나 얄밉든지 기무결의 얼굴을 박박 긁어놓고 싶은 충동이 일었다. 마음이 급한 사람은 그녀 혼자였다.

"그래서 퍼질러 잤다고?"

"마부가 그렇죠, 뭐. 아함."

기무결은 졸음이 가시지 않는 얼굴로 하품을 해댔다.

"으이구, 개 팔자가 상팔자라더니 아주 신이 나셨구만."

이곳에서 바쁜 사람은 화은설 한 명밖에 없었다.

이건 누가 상전이고 누가 종놈인지 구분이 안 가는 상황이었다.

화은설이 산해관 지부에 도착한 건 이틀 전이었다.

그날 밤 그녀는 마효에게 입찰 이야기를 듣고 깜짝 놀랐다. 이건 기존에 하던 사업을 모두 접고 새로운 사업에 도전하겠다는 뜻이나 마찬가지였기 때문이었다.

"그게 가능할 리 없잖아요?"

이는 사업에 무지한 화은설도 느낄 수 있는 일이었다.

기존의 사업도 경쟁력이 부족해서 뒤처진 마당에 한 번도 경험이 없는 사업에서 성공할 가능성은 극히 희박했다.

아니, 거의 불가능하다고 봐야 옳을 것이었다. 오히려 입찰에 뛰어들었다가 실패하면 자칫 회복하기 어려운 상황에 직면할 수도 있었다.

하나 마효의 뜻은 확고했다.

"기존의 사업을 고수해도 망하긴 마찬가지입니다. 하지만 입찰만 따낼 수 있다면 산해관 지부는 새로운 도약을 할 수 있지요."

한마디로 입찰에 모든 것을 걸고 모험을 해보겠다는 소리였다.

그래서일까?

화은설은 자신도 모르게 고개를 끄덕거리고 있었다. 자신이 생각해도 산해관 지부가 일어설 수 있는 방법은 그것밖에 없어 보였던 것이다.

"좋아요. 입찰에 운명을 걸어보죠."

화은설은 결연한 표정으로 소리쳤지만, 현실이 얼마나 냉정한지를 느끼기까지는 그리 오랜 시간이 걸리지 않았다.

"다리를 지으려면 건축 기술자가 있어야 하지 않나요?"

"이제부터 구해봐야죠. 하지만 대부분 능력 있는 사람은 풍운산장에서 확보한 상태입니다."

"끙! 그럼, 그건 일단 됐고. 설계도면을 그릴 수 있는 사람은요?"

"그것도 마찬가지죠."

"인부들은요? 자재를 공급해 주는 협력업체는요?"

"그, 그러니까 모험을 걸어보자고 했던 겁니다."

"으아악! 도대체 있는 게 뭐예요?"

"아무것도 없습니다."

"내가 미쳐! 아무것도 없는데 뭘 가지고 모험을 건단 말이에요?"

이건 모험이 아니라 객기였다.

이러다 망하면 그녀가 모든 불명예를 뒤집어쓸 수밖에 없었다.

"그래도 이것밖에 방법이 없습니다."

마효는 여전히 뜻을 굽히지 않았다. 청천구룡의 명령이라 따르긴 따르는데, 속에서는 과연 입찰조차 할 수 있을지 의문이었다.

五.

기무결은 점심을 먹고 한적한 곳에서 휴식을 취하고 있었다. 모든 것이 완벽했다. 딱 하나, 화은설이 자신의 옆에 척 달라붙어 쫑알대고 있는 것만 빼면 말이다.

"내가 지금 무슨 일을 하고 있는지 알고 싶지 않아?"

"글쎄요. 별로 알고 싶지 않은데요?"

기무결은 새끼손가락으로 귀지를 파면서 듣는 둥 마는 둥 하고 있었다.

'으으, 아쉬운 내가 참는다.'

그녀는 일전에 기무결이 무공을 가르쳐 달라며 아양을 떨던 모습 그대로 기무결에게 애교를 부리고 있었다.

화은설은 속에서 열불이 일어났지만 간신히 참고 있었다.

지금 상황에서 믿을 사람은 기무결밖에 없었다.

그의 능력은 이미 몇 번이나 지켜보았으니 따로 검증할 필요도 없었다.

사실 처음에는 혼자서 해결해 볼 생각이었다.

그녀는 지난 이틀 동안 입찰을 넣기 위해 필요한 것들을 얻기 위해 동분서주 뛰어다녔지만, 어느 것 하나 만만한 게 없었다.

입찰에 필요한 것이라면 건축 기술자와 도면 설계사, 그리고 인부들과 협력업체 정도일 것이다. 자금도 필요하긴 하지만, 이건 무림맹에 도움을 요청하면 될 일이었다.

아무튼 지금은 입찰을 넣을 수 있는 자격을 얻는 것이 먼저

였다.

하지만 이번 입찰은 대규모 공사여서 경쟁이 아주 치열했다. 참가하는 업체만 해도 수십 곳이 넘었고, 북경은 물론이고 하북성 전체가 들썩거리고 있었다.

화은설은 그들을 비집고 들어갈 틈조차 찾을 수 없었다.

실력 좋은 기술자는 대부분 풍운산장에서 데리고 있었고, 실력이 한참 떨어지는 사람들조차 다들 소속이 있었다. 이래서는 입찰조차 하지 못한 채 모든 게 끝날 것 같았다.

결국 그녀는 고민 끝에 기무결을 찾아왔던 것이다.

"신상 정보 보니까 구문제독부에서 공사 현장을 지휘했다고 적혀 있는데, 그럼 다리 건설 쪽에도 어느 정도 알고 있겠네."

"사실 구문제독부에 있었다는 것은 거짓말입니다. 천무서원에 들어가기 위해 일부러 이력을 가짜로 적어 넣었으니까요. 하지만 공사 현장에 대해서는 어느 정도 알고 있습니다."

"그래?"

화은설의 눈빛이 반짝 빛났다.

"그럼, 설계도면은?"

"그것도 대충 그리고 볼 수는 있습니다."

기무결은 위조범 시절 세밀하고 복잡한 문서들을 위조하면서 여러 가지 공부를 했었다. 자신의 장원에 기관장치를 설치한 것이나 화은설의 침실 바닥을 파기 위해 설계도면을 그린 것이 좋은 예였다.

"휴! 잘됐다."

"뭐가 말입니까?"

"헤헤! 우리가 새로 뛰어든 사업이 바로 다리 공사 입찰이 거든."

"예에?"

"입찰까지는 이십 일 정도밖에 남지 않았는데, 조건을 충족시킬 아무 여건도 안 돼. 그야말로 불가능한 임무지만 그렇다고 이대로 물러설 수는 없잖아. 죽이 되든 밥이 되든 최선을 다해 입찰 조건만이라도 채워 넣는 수밖에."

"아니, 그 말을 왜 이제야 하는 겁니까?"

기무결이 버럭 소리를 질렀다.

발을 빼기에는 이미 너무 늦은 뒤였다.

오후 들어서 먹구름이 조금씩 끼더니 저녁이 되자 바람이 불고 장대비가 쏟아지기 시작했다.

뇌강은 지부에서 멀리 떨어진 소나무 위에 숨어서 지부를 감시하고 있었다. 세찬 비바람에 나무가 흔들리고 온몸이 물에 빠진 생쥐 꼴로 변했지만, 그의 시선은 잠시도 지부에서 떠나지 않았다.

"으으, 당장 씹어 먹어도 시원치 않을 놈 같으니!"

고생도 이런 개고생이 없었다.

하지만 보물지도와 무공비급만 손에 넣을 수 있다면 비바람을 맞는 것쯤은 아무것도 아니었다.

문제는 번번이 기무결에게 당하고 있다는 느낌을 지울 수 없다는 것이었다.

이번에만 해도 그랬다.

화은설은 지난 이틀 동안 하루에도 몇 번이나 지부를 나갔다가 들어가곤 했는데, 기무결은 단 한 번도 나온 적이 없었다. 얼마나 답답했으면 지부 안으로 들어가서 기무결을 끌고 나올까 생각했을 정도였다.

하지만 그는 간신히 충동을 억눌렀다.

지부의 당주인 마효만 해도 그의 신분을 알고 있기 때문이었다.

"이놈이 내가 따라온 것을 알고 일부러 이러는 것은 아닐 테고……. 도대체 안에서 뭘 하고 있는 거지?"

정말 인내심과의 싸움이었다.

기무결이 밖으로 나올 때까지 기다리는 것이 이토록 인내심을 요하는 일일 줄은 생각도 못했었다. 그럴수록 그의 마음속에서는 기무결을 죽이고자 하는 살기가 커져만 갔다.

바로 그때였다.

"소, 손님! 국수 배달 왔습니다."

"왜 이렇게 늦은 것이냐? 한참 기다렸잖아?"

뇌강이 말과 함께 나무 밑으로 내려섰다.

"끙! 비도 내리고……. 세, 세상천지에 음식을 배달해 먹는

사람이 어디 있습니까?'

점소이는 울기 일보 직전이었다.

뇌강이 가게로 찾아와 다짜고짜 배달을 하라며 주소를 가르쳐 준 것이 이틀 전이었다. 만약 그대로 따르지 않으면 당장에라도 가게를 때려 부술 것 같았다. 그 기세가 하도 무서워서 아얏 소리도 하지 못했다.

"젠장, 국수에 빗물이 다 들어갔잖아?"

"그, 그러니까 음식을 드시려면 가게로 오시는 것이……."

"비가 올 줄 알았으면 만두로 시키는 건데. 내일 아침엔 만두로 가져오거라."

"예에? 저, 저희 가게는 만두를 안 하는데요?"

"그럼, 만두 가게에서 사 오면 되지 않느냐?"

만두를 사 오지 않으면 한 대 때릴 기세였다.

'흑흑! 하필 이런 악질 마도의 요괴에게 걸려서는…….'

점소이는 자신의 운명을 저주했다.

뇌강이 강호무림에서 존경을 받고 있는 정천구룡의 한 명이라는 사실을 알면 아마 까무러칠지도 몰랐다.

第五章
입찰 전쟁

一

　풍운산장은 무림방파이면서도 사업을 직접 경영하는 상단이기도 했다.

　마도 서열 십 위!

　그리고 상단 규모 칠 위!

　이는 무림에 전례가 없는 일이었다.

　원래 무림인들은 돈을 중요하게 생각하면서도 한편으로는 상인들을 무시하는 편이었다. 때문에 수익을 얻기 위해 사업을 해도 직접 관여하는 일은 드물었다.

　직원은 대부분 상인이고, 관리할 사람을 한두 명 정도 파견해서 보고를 받는 정도였다. 무림맹이 바로 이런 구조였다.

하지만 풍운산장에서 운영하는 사업장은 모두 풍운산장의 수하들로 채워져 있었다. 그렇다고 무림방파 쪽에 수하들이 부족한 것도 아니었다. 풍운산장은 무림방파와 상단을 철저히 분리하고 서로의 영역을 간섭하거나 침범하지 않았다.

이경이 넘은 시간임에도 풍운산장의 상단 본부엔 환하게 불이 밝혀져 있었다.

"무림맹 산해관 지부에서 이번 입찰에 뛰어들 것 같다고?"

"기존의 사업들을 정리하고 이번 입찰에 사활을 건 모양입니다."

"설마 무림맹에서 전폭적인 지원에 나서기라도 했단 말이냐?"

"그게 조금 이상한 게 현재 본단에서 파견 나온 사람은 화은설 한 명뿐입니다."

"화은설이라면?"

"재앙의 성녀로 불리는 여인입니다."

"아! 이제야 생각이 나는군. 화씨세가의 마지막 후예라는 그 재앙의 성녀?"

철위강은 황당한 표정을 지었다.

그는 풍운산장주의 둘째 아들로 상단 본부의 책임자였다.

"무슨 꿍꿍인지 모르겠군. 산해관 지부의 움직임은?"

"화은설은 요 며칠 동안 동분서주하며 뛰어다녔지만, 아직 입찰 조건 중 단 하나도 채우지 못했습니다."

"흐흐, 재밌군! 혼자서 우릴 상대라도 하겠다는 뜻인가?"

철위강이 씩 웃었다.

입찰을 하겠다면 결국 풍운산장과의 싸움은 피할 수 없었다.

"좋아, 걸어온 싸움을 마다할 이유가 없지. 아예 입찰조차 못하도록 철저히 짓밟아주마!"

무림맹이 뛰어들었다면 조금이라도 긴장을 했겠지만, 상대는 화은설 한 명이었다.

이건 쉬워도 너무 쉬웠다.

화은설이 입찰 조건 중 하나라도 충족시킬 수 없다는 것에 철위강은 자신의 모든 것을 걸 수도 있었다.

"여기에 다리가 들어설 거야. 마차가 지나다닐 수 있도록 한다니까 대규모 공사가 되겠지."

화은설은 하천을 손가락으로 가리키며 설명해 주었다.

"공사 기간은 반년에서 일 년 정도로 잡고 있는 모양이야. 입찰만 따내면 내 손으로 산해관 지부를 살릴 수 있다구."

기무결은 고개를 절레절레 흔들었다.

"흐음. 그나저나 하천이 생각보다 넓은데?"

이십 장(60m)은 족히 될 것 같았다.

여기에 마차까지 다니려면 다리 폭도 넓어야 하고 강성도 단단해야 한다.

하지만 무엇보다 하천 밑에 반드시 기둥을 세워야 하는데, 이게 가장 어려운 일이었다. 바닥의 깊이도 재고 유속의 속도도 계산을 해야 하고, 계산이 조금이라도 틀리면 기둥이 버티지 못하고 무너져 내릴 수 있기 때문이었다.

물살도 생각보다 빨랐다. 물속에 들어가 기둥을 설치하는 일이 결코 쉽지 않을 것 같았다.

하천 상류에서 몇 개의 지류가 만나 하나로 합쳐지기 때문에 장마철이면 홍수가 범람하는 경우도 빈번했다.

"어때? 설계도면을 그릴 수 있을 것 같아?"

"설계도면을 그리다뇨?"

"네가 그릴 줄 안다며?"

"끙! 그건 간단한 건물일 때 가능한 거죠. 이건 어지간한 전문가도 설계하기 어려운 곳입니다."

유속도 계산해야 하고 강폭이나 깊이도 고려해야 한다.

"그, 그럼 어떡해?"

화은설은 기무결만 믿고 있었다.

그만큼 화은설은 절박한 상황에 내몰려 있었다.

"저, 정말 어려운 거야? 입찰 조건조차 갖추지 못하고 포기해야 하냐구?"

화은설은 이대로 포기하기에는 너무 분하고 억울했다. 적어도 질 때 지더라도 끝까지 최선을 다하다 져야 그나마 덜 억울할 것 같았다.

산해관 내에서는 건축 기술자와 인부들의 씨가 마른 상태였다.

당장 설계도면을 그릴 사람조차 구하기 어려운 실정이었다. 때문에 그녀는 북경이나 하북성 쪽으로 나가서 사람을 구해볼 생각이었다.

"거기라면 무슨 수가 생기겠지."

화은설은 산해관 지부의 사람들을 동원해서 북경과 하북성 곳곳에 전단지를 붙였다.

그녀는 조건과 대우를 다소 파격적으로 내세웠고, 전단지만 보면 많은 사람이 관심을 갖고 몰려올 수밖에 없을 터였다.

"인부들은 이런 식으로 모집하면 될 거 같고……."

화은설은 무조건 된다고 믿었다.

그녀는 다음 문제인 협력업체 선정으로 넘어갔다.

협력업체는 건축 기술자나 인부들 못지않게 중요했다. 재료를 제때에 납품받지 못하면 공사를 진행해 나갈 수 없기 때문이었다. 관아에서도 후보를 선정할 때 협력업체의 건전성이나 능력을 꼼꼼하게 살펴본다.

하지만 협력업체 역시 대부분 다른 곳들과 계약이 되어 있었다.

"협력업체는 우리가 직접 북경이나 하북성에 나가서 협상을 벌이는 수밖에 없겠어."

규모가 큰 곳이 아니라도 상관없었다.

어차피 지금은 규모가 크고 실력이 좋은 곳은 이미 다른 곳과 계약이 되어 있을 게 뻔했다.

때문에 화은설은 규모가 작더라도 내실이 있는 곳이라면 어디든 상관없었다. 이 부분 역시 조건을 파격적으로 내세워 협력업체들의 관심을 끌게 만들면 어떻게든 해결이 될 것 같았다.

화은설의 자신감은 하늘을 찌를 듯했다.

하나 면접 날짜가 지났지만 인부는 단 한 명도 나타나지 않았다.

그녀는 크게 당황했다.

나중에야 안 사실이지만, 풍운산장에서 미리 손을 써서 북경이나 하북성에서조차 건축 기술자와 인부들을 싹쓸이해 갔던 것이다.

협력업체 역시 마찬가지였다.

풍운산장은 간판만 걸려 있으면 망해가는 곳조차 계약을 체결했고, 북경과 하북성에 있는 협력업체를 싹쓸이했다.

"으으, 분명 우릴 엿 먹이려는 수작이 틀림없어!"

화은설은 화가 치밀기도 하고 약이 오르기도 했지만, 승부의 세계는 냉정할 수밖에 없었다. 그녀는 철위강에게 완패를 당하고 만 것이다.

당혹스럽기는 마효 역시 마찬가지였다.

그는 원래 입찰은 처음부터 불가능한 일이라고 생각하고 있었다. 그저 정천구룡의 명령이기에 따랐을 뿐이지만, 그래도 풍운산장에서 이렇게까지 치밀하게 손을 써올 줄은 꿈에도 생각하지 못했던 일이었다.

"이것 참. 이래서는 입찰을 넣는 것도 힘들어 보이는군."

마효는 이만저만 고민이 아니었다. 명령이 내려온 만큼 화은설을 도와 입찰에 뛰어들긴 뛰어들어야겠지만, 건축 기술자와 인부들, 그리고 협력업체까지 얻지 못하게 되었으니 설령 신이 돕는다 해도 뾰족한 방법이 없어 보였다.

二

시간은 유수처럼 흘러갔다.

입찰 날짜가 코앞까지 다가왔지만, 화은설은 입찰 조건 중 어느 하나 해결하지 못한 상태였다.

세상에는 열심히 노력을 해도 될 수 없는 일도 있는 법.

지금 입찰 문제가 그랬다.

기무결도 화은설을 따라 백방으로 돌아다녔지만 그 역시도 마땅히 도와줄 방법이 없었다.

사람들은 풍운산장과 일을 하기 원하지 이제 다 망해가는 산해관 지부와 일하고 싶어 하는 사람은 아무도 없었다.

하물며 인부와 협력업체가 차고 넘치는 상황에서도 풍운산장에서 마구잡이로 싹쓸이해 간 지금은 두말할 나위도 없었다.

기무결과 화은설은 끝내 인부들과 협력업체를 얻지 못하고 시간만 허송세월하고 말았다. 이대로 있다가는 입찰 조건 하나도 해결하지 못하고 끝날 것 같았다.

화은설은 시간이 흐를수록 제정신이 아니었다.

입찰에 뛰어들기 위해 들어간 돈과 시간, 그리고 다른 모든 사업을 접은 것까지.

반드시 입찰을 따내도 부족한 마당에 입찰조차 못하면 그 여파는 엄청날 것이었다. 이대로 가다가는 자신의 손으로 산해관 지부가 망하는 모습을 거들게 되는 셈이었다.

"으으, 도저히 못 참아!"

화은설은 참았던 분노가 폭발하고 말았다.

이 모든 것이 풍운산장에서 작정하고 자신을 짓밟으려고 해 벌어진 일이 아니던가?

"풍운산장에 가서 단단히 따져 물을 거야!"

"나 참. 가서 뭐라고 따집니까?"

풍운산장에서 딱히 불법을 저지른 것도 아니었다. 이는 괜히 억지밖에 되지 않는다. 아마 화은설이 풍운산장에 가는 순간 험한 꼴을 당할 수도 있었다. 어쩌면 죽을지도 몰랐다. 풍운산장이라면 무림맹 눈치 보지 않고 충분히 일을 저지르고

도 남았다.

"그래도 이건 너무 억울하잖아. 적어도 이렇게까지 할 필요는 없는 거라구."

화은설의 기분을 모르는 건 아니었다.

그녀는 천무서원에서도 왕따였는데, 지금 풍운산장도 사람 왕따시키듯 하고 있는 것이다.

'흐음.'

기무결은 잠시 생각에 잠겼다.

예전부터 떠올랐던 생각이긴 한데, 실행으로 옮기기에는 너무 번거로운 것이 많아서 모른 척하고 있었다.

하지만 일이 이 지경이 되고 보니 마냥 모른 척하고 있을 수는 없었다.

"아가씨, 나에게 좋은 계획이 있긴 한데요……."

"좋은 계획이라니 그게 뭔데?"

"그러니까 그게……."

돌겠군.

일단 어디서부터 말을 꺼내야 할지 몰랐다.

지금처럼 정상적인 방법으로 인부나 협력업체를 얻을 수 없는 상황에서 해결할 방법은 문서를 위조하는 것밖에 없었다.

가공의 인력업체를 만들고 그곳에 인부가 백여 명 정도 있다고 허위로 문서를 조작하는 것이었다. 물론 이런 방법으로 협력업체도 몇 군데 만들면 충분히 입찰을 넣을 수 있는 조건이 만들어질 수 있었다.

문서를 위조하고 서류를 조작하는 건 그에게는 애들 장난과도 같은 일이었다.

더구나 인력업체와 협력업체를 북경이나 하북성이 아닌 다른 지역의 업체로 하면 일일이 확인하기는 불가능할 것이었다.

하지만 문제는 이 모든 것이 다 불법이라는 점이었다.

문서를 위조하고 서류를 조작하자고 하면 누구보다 화은설이 펄쩍 뛰고 반대할 게 뻔했다. 물론 자신의 정체에 의문을 품을 것도 각오해야 했다.

한데 이게 웬걸?

화은설은 갑자기 목소리를 낮췄다.

주변에 아무도 없는데도 누가 들을까 싶어 주변을 둘러보기까지 했다.

"대, 대단해! 나는 왜 진작 그 생각을 못 했지?"

그녀의 반응이 너무 좋아서 기무결은 어안이 벙벙할 지경이었다. 이럴 줄 알았으면 진작 얘기하는 건데, 괜히 걱정했단 생각마저 들었다.

"혹시 내 얘기를 잘못 들은 거 아닙니까? 문서를 위조하고 서류를 조작한다니까요."

"그러니까 내 말이. 어떻게 그런 기발한 생각을 할 수가 있는 거냐고?"

"허헛! 상황 파악이 아직 잘 안 되는 모양인데, 나중에라도
이게 들통 나면 망신만 당하는 선에서 끝나진 않을 겁니다."

"뭐, 어때? 풍운산장에서 비열하게 나오는데. 이에는 이,
눈에는 눈이야."

풍운산장에서 비열한 방법을 동원해 자신을 철저히 짓밟
고 있는데 그녀라고 무엇을 못할까?

분하고 억울했다. 입찰조차 못하게 방해하는 건 해도 해도
너무한 일이었다.

물론 누가 알면 안 되는 일이었다.

그녀는 이 일을 기무결과 함께 무덤까지 가져갈 생각이었
다.

"기왕 하는 거 그냥 최고의 업체로 위조하고 조작하는 게
어때?"

"예에?"

"무조건 입찰을 넣어야 할 거 아냐?"

"그, 그렇기는 하지만……."

"설마 최고로 하는데 입찰 자격도 안 된다고 거절당하겠
어?"

이미 엎질러진 물이다.

위조를 할 바에는 최고로 하는 게 맞지 싶었다.

"한데, 그 위조문서는 어디서 구하지?"

전에도 이런 적이 있긴 있었다.

하지만 그때는 관아의 도움을 받아 신분을 위조한 것으로 알고 있었다. 이번에는 관아에서 입찰을 주도하는 것이라 도움을 받긴 어려울 터. 문서 위조계 중개인을 찾는 수밖에 없었다.

기무결은 마음만 먹으면 한 시진 안에 원하는 문서들을 뚝딱 위조할 수 있지만, 그럴 만한 상황이 아닌지라 적당히 둘러댔다.

"저도 천무서원에 들어올 때 문서를 위조한 적이 있으니 잘만 하면 중개인을 찾을 수 있을지도 모르겠습니다."

"제발 그랬으면 좋겠는데."

화은설은 문득 아쉬운 생각이 들었다.

취취를 도와주었던 사람만 찾았으면 이런 상황에서 일일이 중개인을 찾으러 다니지 않아도 되었을 텐데 여러모로 아쉬운 마음이 들었다.

하지만 그녀가 어찌 알겠는가?

그녀가 그토록 원하던 사람이 바로 그녀 옆에 있고, 이미 몇 번이나 문서를 위조하며 도와주고 있다는 것을.

"참, 설계도면. 그건 어떻게 해결할 건데?"

설계도면이 없으면 협력업체 문제를 해결해도 입찰에 참가할 수 없었다.

기무결이 고개를 끄덕이며 말했다.

"그것도 물론 방법이 있긴 있습니다."

"정말?"

화은설이 두 눈을 크게 치떴다.

이건 위조나 조작으로 할 수 있는 게 아니었다.

더구나 어지간한 전문가도 그리기 어렵다는 설계도면을 무슨 수로 해결할 수 있다는 것인지 모를 일이었다.

三

진주석공은 하북성 일대에서 가장 유명한 채석장이었다.

하지만 단순히 돌을 채굴하고 건축 자재로 다듬는 것에서 그치지 않고 자신들이 직접 건물도 짓고 다리도 만들었다.

규모는 그리 크지 않았다.

대대로 집안에서 내려오는 가업을 이어가고 있기 때문에 외부인들은 받지 않았다.

하나 기반은 상당히 탄탄한 편이었다. 그들은 몇 번이나 어려운 공사를 완공하고 성공해서 그 명성이 하북은 물론 산동과 산서에도 알려질 정도였다.

"소홍루의 다리를 만든 곳이 바로 여기야."

진주석공도 이번 입찰에 뛰어든 곳 중 하나였다. 풍운산장이 거대한 자본과 인력을 바탕으로 가장 유력한 입찰 선정 후보라면 진주석공은 탄탄한 기술로 인정을 받고 있었다.

"한데, 정말 여길 감찰할 생각이야?"

"설계도면을 얻고 싶다면서요?"

"그랬지."

"그럼, 마음의 준비는 단단히 하세요. 이제부터 나는 도찰원의 감찰어사이고, 아가씨는 나를 보좌하는 부관입니다."

"아, 알았어. 시키는 대로 하긴 하는데, 우릴 도찰원의 감찰어사로 믿을까?"

"후후!"

기무결인 품속에서 두 개의 신분증을 꺼냈다.

앞면에는 황실이란 글자가 새겨져 있었고, 뒷면에는 도찰원의 상징인 감찰이란 글자가 새겨져 있었다.

"이, 이거 어디서 난 거야?"

"중개인을 찾진 못했고, 암거래 시장에서 백 냥 주고 샀습니다."

"배, 백 냥!"

화은설은 하마터면 뒷목을 잡고 쓰러질 뻔했다.

신분증 두 개에 백 냥이라니, 날도둑놈들이 따로 없었다.

"이건 일일찻집에서 번 돈으로 샀으니까 그렇게 아십시오."

"끙!"

화은설의 입에서 절로 앓는 소리가 나왔다.

백 냥을 한 번에 썼다면 이제 남은 돈이 별로 없을 것이었다.

"그럼 위조문서들은?"

"다행히 그것도 준비를 했습니다."

"설마 그것도 암거래 시장에서 산 거야?"

"주문을 하니까 바로 다음 날 가져다주더군요."

"그래?"

화은설은 고개를 갸웃거렸다.

뭔가 척척 맞아떨어지는 상황에 의문이 들었지만, 그렇다고 설마 기무결이 신분증을 만들고 문서까지 위조했다는 생각은 하지 못했다.

"위, 위조문서는 얼만데?"

"그것도 백 냥입니다."

"그, 그렇구나!"

화은설은 웃어도 웃는 게 아니었다.

그 피 같은 돈을 어떻게 모은 건데.

하지만 입찰을 하려면 이 방법밖에 없었다.

"그나저나 운이 좋았네. 암거래 시장도 찾아내기 어려운 거 아니었어?"

당연히 어렵다.

황실에서 암거래 시장을 찾기 위해 요원까지 침투시키고 있는 마당이니 말이다.

"그러니까 천운이죠. 이제 마음의 준비 단단히 하십시오."

기무결은 화은설이 계속 꼬치꼬치 물어올까 두려워 얼렁뚱땅 넘어갔다.

다행히 화은설은 더 이상 묻지 않았다.

속으로는 여전히 의문이 남긴 했지만, 지금 한가하게 그런 걸 따져 물 때가 아니었다. 황실의 요원이라고 사기를 치고 멀쩡한 곳을 감찰하려는 순간이었다.

그녀는 내색은 하지 않았지만, 긴장한 나머지 손에 땀이 흥건해질 정도였다.

소흥루의 다리가 이번 입찰 대상인 다리와 조건이 비슷했다.

하천 상류에 몇 개의 지류를 만나서 하나로 합쳐지는 것이나 물살이 빠른 것까지. 장마철마다 홍수가 나는 것만 빼면 환경이 대부분 비슷했다. 기무결은 소흥루 다리의 도면을 참고해서 입찰에 들어갈 설계도면을 그릴 생각이었다.

계획은 그럴듯했다.

화은설은 감탄하다 못해 자신도 모르게 탄성을 터뜨렸을 정도였다.

환경이 비슷한 다리의 도면을 보고 설계도면을 그리려고 할 줄이야.

어느 누가 감히 생각이나 하겠는가?

성공만 하면 역사의 한 장을 장식할 수 있겠지만, 문제는 처음부터 끝까지 다 사기라는 점이었다.

인부들도 가공의 업체를 만들어 문서를 위조했고, 협력업체 역시 세상에 존재하지 않는 가공의 상단들이었다.

거기에 설계도면까지 사기를 쳐서 남의 것을 베끼겠다는 것이니 입찰에 필요한 조건은 모두 사기로 구비하는 셈이었다.

"누, 누가 알면 사기꾼으로 생각할 거야!"

왠지 일이 커져 버린 기분이었다.

입찰에 필요한 세 가지 조건 모두를 사기로 해결한 것이다. 어지간한 화은설도 왠지 걱정이 되었다.

처음에는 단순히 풍운산장에 복수하는 마음으로 기무결의 사기 행각에 가담하긴 했지만, 이제는 반드시 성공하지 않으면 무림이 발칵 뒤집어질 차원의 상황이었다.

그렇다고 여기까지 와서 물러날 수도 없는 법.

그녀는 진주석공의 정문을 쿵쿵 두들겼다.

"여봐라. 게 아무도 없느냐?"

진주석공에 한바탕 소란이 일었다.

"이게 무슨 소란이냐?"

조균은 돌을 다듬던 손길을 멈추고 눈살을 찌푸렸다. 정교한 작업을 하는 중에는 무엇보다 정신을 몇 배로 집중해야 한다. 하지만 하인들과 시녀들이 분주하게 움직이는 바람에 도통 정신을 집중할 수가 없었다.

"소자가 알아보고 오겠습니다."

그의 큰 아들인 조람이 장원에 갔다가 한참 후에 사색이 되어 돌아왔다.

"아버지, 큰일 났습니다."

"쯧쯧, 작업장에서는 뛰지 말라고 그렇게 말을 했거늘."

"도찰원에서 감찰이 나왔습니다."

"뭣이라?"

조균은 처음엔 자신이 잘못 들은 줄 알았다.

"도찰원에서 왜 감찰이 나온단 말이냐?"

"그게… 누군가 소홍루의 다리에 사용한 자재들이 설계도면에 나온 것과 다르다고 고발을 했답니다."

"말도 안 되는 소리. 그건 있을 수 없는 일이다."

진주석공은 사대째 가업이 내려오는 곳이었다. 질이 떨어지는 자재를 사용하면 원가는 크게 절감할 수 있겠지만, 그건 진주석공의 가문에 먹칠을 하는 행위였다.

"이미 그렇게 설명을 했지만, 고발장이 들어온 이상 조사를 해야 한답니다."

"고발장이 들어와?"

"소자가 고발장을 확인했는데 틀림없는 사실이었습니다."

"이건 뭐가 잘못된 거야. 내가 직접 가서 확인을 해야겠다."

조균은 조람을 앞세워 감사가 진행되고 있는 곳으로 향했다.

四

진주석공은 발칵 뒤집어졌다.

기무결과 화은설은 대청에 자리를 잡고 감사를 진행하고 있었다.

"장부는 왜 아직도 안 가지고 오는 것이냐?"

기무결이 거만한 목소리로 재촉했다. 긴장을 하거나 초조한 기색은 전혀 찾아볼 수 없었다. 옆에서 화은설이 그를 보좌하고 있었는데, 그녀는 입이 바싹 타들어가는 걸 가까스로 버티고 있는 중이었다.

'뭐가 저렇게 능숙해?'

화은설은 감탄하다 못해 존경스러울 정도였다. 자신이 봐도 정말 기무결은 도찰원에서 나온 황실의 요원 같아 보였다. 그러니 다른 사람들은 오죽할까?

무림맹에 잠입한 경험이 한 번 있어서 그렇겠거니 생각했지만, 기무결이 위조문서로 수없이 사기를 쳤던 경험이 지금 이 순간 유감없이 발휘되고 있다는 것을 알게 된다면 아마 까무러칠 것이었다.

"지금 가져오고 있으니 조금만 더 기다려 주십시오, 대인!"

조균의 아들은 모두 다섯 명이었는데, 그중 네 명이 기무결을 상대하고 있었다. 상황이 상황이니만큼 총력을 기울이고 있었지만 기무결이 어찌나 거만하고 까다롭게 구는지 도무지 정신을 차릴 수가 없었다.

화은설도 이에 질 수 없었다. 그녀는 초조하고 긴장되는 마음을 이겨내려고 더욱 강하게 나갔다. 하는 말끝마다 소리를 지르며 화를 냈고, 오만하고 거만하게 굴었다.

'으으. 무슨 부관이라는 자가 감찰어사보다 더 거만하냐?'

'더구나 이 부관이라는 자는 여자가 아닌가?'

도찰원에 여인이 있다는 말은 금시초문이었다.

그렇다고 그게 아예 이상한 일은 아니었다.

황실의 조직 중에는 구중궁궐의 여인들을 조사하고 심문하기 위해 여관(궁녀)을 따로 두기도 했다.

더구나 기무결이 처음 진주석공에 들이닥쳤을 때 그들에게 호패를 보여주었다.

진주석공은 지금까지 감사를 받아본 적이 없었다.

당연히 감찰어사를 본 것은 이번이 처음이었고, 옥쇄가 찍혀 있어서 철석같이 믿을 수밖에 없었다.

"여기 설계도면에 보면 다리 기둥의 강성을 사십으로 계산을 했는데, 일부러 강성을 높게 잡은 것이 아니냐?"

강성이 높을수록 기둥이 두꺼워지고 단단해진다.

당연히 비싼 자재들이 많이 들어가고 공사비용도 높아지

게 마련이다.

"억울합니다, 대인!"

"닥쳐라! 본관이 설계도면을 본 적도 없고, 다리를 짓거나 공사한 적도 없다고 무시할 작정들인 것이냐?"

"무시를 하다니요. 천부당만부당한 말씀이십니다."

"그럼, 강성을 사십으로 잡은 이유가 무엇이냐?"

"그건 저희가 여기서 증명해 보이겠습니다."

네 명의 아들은 즉시 물살의 빠르기와 수심의 깊이를 계산했다. 또한 다리의 폭과 넓이, 그리고 길이까지 고려하면 강성의 값이 사십이 나온다.

계산이 생각보다 복잡했다.

기무결은 한 번에 이해하기 어려웠다.

"여기 이 부분을 다시 한 번 계산을 해보거라."

"예에?"

"멍청한 놈들 같으니. 왜 이 숫자가 나오는지 이해가 안 가니까 또 한 번 계산을 해보라는 소리다."

기무결이 소리를 빽 하고 질렀다.

네 명의 아들은 잘못한 것도 없는데 괜히 심장이 오그라들고 말았다.

"아, 알았습니다요."

그들이 또다시 강성의 값을 계산했다.

복잡한 수학 공식이 들어가기 때문에 기무결은 몇 번을 묻고 확인을 하고 나서야 이해할 수 있었다.

"만약에 말이다. 다리의 폭이 두 배로 넓어진다면 강성의 값이 얼마나 나오겠느냐?"

"예에? 그게 무슨 말씀이신지……."

"마차가 지나다닐 수 있도록 다리를 두 배로 넓힌다면 그 때는 강성의 값을 어떻게 계산해야 하냔 말이다."

네 명의 아들은 그게 소홍루의 다리와 무슨 관련이 있는지 의아했다.

하지만 기무결이 하도 으름장을 놓고 닦달하는 통에 더 이상 아무 생각도 할 수 없었다.

"여기서 이렇게 계산을 하면… 육십이 나오는군요."

"흐음. 그렇군."

기무결은 고개를 끄덕였다.

'기둥은 육십으로 잡으면 되겠군.'

그는 손도 안 되고 설계도면을 하나씩 완성해 나가고 있었다.

자재들을 어떤 식으로 구성을 해야 좋을지는 진주석공의 작업 일지와 장부들을 통해 알아볼 수 있었다.

화은설은 보면 볼수록 놀라웠다.

아마 주변에 보는 눈만 없었다면 입을 떡 벌리고 다물지 못했을 것이었다.

이건 위조나 조작이 아니었다.

하지만 진주석공은 엄밀하게 말하면 산해관 지부의 경쟁 업체 아닌가? 어이없게도 지금 경쟁 업체에서 대신 설계도면을 만들어주고 있는 셈이었다.

더구나 필요한 자재들까지 알아서 술술 말해주고 있었다.

세상천지에 경쟁 업체의 도움을 받아 설계도면을 완성하겠다고 생각할 사람은 기무결밖에 없을 터였다. 이런 식이라면 오늘 중으로 완벽한 설계도면이 완성되는 것도 불가능한 일이 아니었다.

'도대체 기무결 저 인간 정체가 뭐야?'

五.

조균이 대청에 도착한 것은 기무결이 한창 장부를 조사하고 있을 때였다. 그의 노구가 바람에 흔들리는 갈대처럼 파르르 떨렸다.

"이, 이게 다 어떻게 된 것이냐?"

조균이 분노한 표정으로 네 명의 아들을 향해 말했다.

"감찰어사께서 장부를 조사하겠다고 해서……."

"그래도 어떻게든 막았어야지. 며칠 뒤에 입찰 결과가 발표된다. 한데 우리가 감찰을 받았다는 소문이 퍼지기라도 하면 결과와는 상관없이 입찰 선정에서 떨어지고 말 것이다."

"면목이 없습니다."

네 명의 아들이 고개를 푹 수그렸다.

장부만 확인하면 억울한 오해를 풀 수 있을 줄 알았건만 오히려 화를 더 키우고 만 꼴이었다.

그때 기무결이 장부를 읽다 말고 화은설을 쳐다보았다.

"부관, 자네는 이상한 점을 발견했는가?"

"소관은 아무것도 발견하지 못했습니다."

"흐음."

기무결이 장부를 덮고 자리에서 일어났다.

원래 알고 싶던 정보는 진작에 찾고 문제를 해결했지만, 그렇다고 바로 자리에서 일어날 수는 없었다. 그는 화은설과 함께 스무 권이 넘는 장부를 나눠서 읽었지만, 형식적인 모습에 불과했다. 그저 꼼꼼하게 자료를 조사하는 척했을 뿐이었다.

"대인, 어떻습니까?"

조균이 가까이 다가오며 물었다.

"구체적인 혐의를 찾아내진 못했지만, 아무래도 좀 더 조사를 해봐야 할 것 같소."

"오늘 끝내는 것이 아니었습니까?"

"쯧쯧, 감사가 어디 하루 이틀에 끝나는 것인 줄 아시오? 좀 더 면밀하게 살펴볼 것이오."

"그건 안 됩니다, 대인! 저희는 이번 입찰에 참가해서 더 이상 불미스러운 일이 생기는 것을 원치 않습니다."

기무결이 눈살을 찌푸렸다.

"응? 그대들도 입찰에 참가를 했단 말인가?"

"그렇습니다만 그건 왜 물으시는지……."

"아아! 그냥 한번 물어본 것이오."

이번엔 조균이 얼굴을 찌푸렸다. 기무결이 대충 말을 얼버무리려는 표정이 역력했기 때문이었다.

문득 그의 머릿속에 떠오르는 것이 있었다.

"대인, 혹시 고발장을 쓴 자가 누구인지 알 수 있겠습니까?"

"홍! 황당한 자로군. 그걸 그대가 알아서 무얼 하려고? 설마 보복이라도 하려는 것이냐?"

"그런 것이 아니오라 무슨 의도로 저희를 모함을 했는지 묻고 싶을 따름입니다."

"원칙상 가르쳐 줄 수 없다. 도찰원은 철저히 신분을 보장해 주는 것이 원칙이오. 하나 설령 알려준다 해도 진주석공의 능력으로는 감히 어찌해 볼 수 있는 상대가 아니다."

기무결이 말을 해놓고 아차 싶은 표정을 지었다.

그는 화은설을 쳐다보며 소리를 질렀다.

"부관은 무얼 하고 있느냐? 어서 장부를 챙기지 않고."

"예? 예, 대인!"

화은설은 고분고분 기무결의 명령을 잘도 따랐다.

그녀가 재빨리 장부를 품에 안았다.

"장부는 이삼 일 정도 더 검토한 뒤에 넘겨주도록 할 테니

다들 그리 아시오."

그 말을 끝으로 기무결과 화은설이 대청을 떠났다.

대청은 잠시 적막이 흘렀다.

하지만 기무결과 화은설의 모습이 저 멀리 사라지는 순간 다섯 명의 아들이 약속이나 한 듯 분개했다.

"풍운산장의 짓입니다."

"우리를 모함해서 입찰 선정에서 떨어뜨리려는 음모입니다."

처음에는 누구의 소행인지 짐작조차 할 수 없었다. 막연하게 입찰에 뛰어든 곳 중 하나가 아닐까 생각할 뿐이었다.

한데 기무결이 진주석공의 능력으로 어찌해 볼 수 없는 상대라고 하지 않았던가?

상계에서 이런 힘을 가진 곳은 오직 풍운산장밖에 없었다.

기무결이 그 말을 하고 나서 아차 싶어 황급히 떠난 것을 보면 진짜라는 뜻이었다.

"으으, 이놈들!"

"정작 온갖 편법과 비리를 저지르며 공사 기간을 속이고 단가를 뻥튀기한 것이 누군데?"

진주석공의 사람들이 풍운산장을 떠올리며 이를 갈았다.

"휴우!"

화은설이 밖으로 나오기 무섭게 한숨을 내쉬었다.

그녀는 십 년은 감수한 기분이었다. 아직도 심장이 쿵쿵거리며 세차게 뛰고 있었다.

"이제 설계도면을 그릴 수 있겠어?"

"뭐, 그럭저럭."

기무결은 어깨를 으쓱거려 보였다.

숙제를 풀고 난 사람의 표정이 이럴까?

기무결의 얼굴은 평온하다 못해 여유가 넘쳐흘렀다. 그건 백 마디 말보다 더 강한 자신감을 뜻하고 있었다.

"정말 다행이다."

이렇게 빨리 설계도면을 완성할 줄은 꿈에도 몰랐다.

그녀는 몇 번이고 설계도면을 들여다보았지만, 알아보기 어려운 그림과 도형들 천지였다.

"그럼 입찰에 필요한 조건은 다 해결한 거네!"

"그런 셈이네요."

"우리가 해냈어. 이번엔 불가능한 일이었는데 완벽하게 해결한 거야!"

엄밀하게 말하면 기무결 혼자 해결한 것이었다.

화은설도 부관 행세를 하며 기무결을 도왔으니 아예 공이 없는 건 아니었다.

"한데 장부는 귀찮게 왜 가지고 나오라고 한 거야?"

"이제부터 공사를 어떻게 진행해 나가는지 연구를 해야죠. 장부를 작성하는 방법이나 협력업체를 상대하는 방법 등이 적혀 있으니 참고하면 좋을 거예요."

물론 그게 전부는 아니었다.

장부를 가져온 것은 조사 기간을 늘리겠다는 의도고, 안팎으로 진주석공을 압박하겠다는 뜻이었다.

더구나 풍운산장이 고발했다는 암시를 주었으니 진주석공도 가만히 앉아서 당하고 있지는 않을 터였다.

'철저히 신분을 보장해 준다고 했으니 풍운산장의 비리를 찔러 넣겠지.'

부디 진주석공에서 풍운산장의 비리를 많이 알고 있기를 바랄 뿐이었다.

"자, 잠깐! 공사를 어떻게 진행하다니. 설마 입찰을 따내겠다는 생각이야?"

"기왕 시작한 일이니 끝장을 봐야죠."

"마, 말도 안 돼!"

입찰을 하려고 백방으로 뛰어다니고 있지만, 정작 그녀도 기무결의 말에 벌린 입을 다물 수 없었다.

이건 아무리 생각해도 불가능한 일이었다.

풍운산장에서 떡하니 버티고 있는데 그게 가능할 리도 없지만, 설령 입찰 업체로 선정이 돼도 문제였다.

모든 것이 다 위조고 조작이지 않던가?

당장 인부들과 협력업체를 구할 길이 막막했다. 입찰 업체로 선정이 되면 실사가 나오는데 그때 모든 게 다 거짓으로 밝혀지면 단순히 망신으로 끝날 문제가 아닌 것이다.

"인부들과 협력업체 문제는 어떡하고?"

"그건 생각해 둔 것이 있으니까 걱정하지 마십시오."

"저, 정말? 그걸 해결할 방법이 있단 말이야?"

화은설은 황당한 표정으로 반문했다.

어떻게 해결할 거냐고 묻고 싶었지만, 기무결은 한 번도 안
되는 일을 된다고 말한 적이 없었다.

第六章
입찰의 주인

一

　발 없는 말이 천 리를 가듯 진주석공이 감찰을 받았다는 소문이 하북성과 북경 일대를 강타했다. 진주석공은 워낙 장인 정신이 높은 곳이라 백성들이 받은 충격은 생각보다 컸다.

　"세상에 믿을 놈 하나 없다더니…… . 진주석공이 비리를 저지를 줄 누가 알았겠나?"

　백성들은 배신감에 치를 떨었다. 이참에 확 망해야 한다고 극언을 서슴지 않는 사람도 있었다.

　하지만 아직 확실히 결론이 난 것이 아니기에 결론이 나올 때까지는 신중해야 한다는 사람도 있었다.

　그것이 어떻게 결론이 나든 철위강에게는 호재일 수밖에

없었다.

입찰 마감 시한까지는 이틀밖에 남지 않은 상태였다.

그동안 유일하게 신경이 쓰이는 곳이 있다면 바로 장인 정신으로 유명한 진주석공뿐이었다.

한데 진주석공이 감찰을 받았다니, 그것 하나만으로도 이번 입찰은 끝났다고 봐야 할 것이었다.

"푸하하! 하늘이 돕는구나!"

철위강은 앓던 이가 빠진 것처럼 그렇게 개운할 수가 없었다. 이제 더 이상 풍운산장을 위협할 만한 곳은 없었다. 그렇다면 결과는 이미 정해진 것이나 마찬가지였다.

"감축드립니다, 소공자님!"

"이번 입찰을 따내셨으니 장주님께서도 크게 기뻐하실 것입니다."

"핫핫! 아직 입찰 선정이 발표된 것도 아닌데 다들 축배를 들기엔 이르지 않습니까?"

말은 그래도 철위강의 입가에 승리의 미소가 가득했다.

"흐흐, 진주석공이 떨어져 나갔는데 누가 우리의 적수가 될 수 있겠습니까?"

"이젠 장주께서도 풍운산장의 차기 장주로 누굴 선택해야 할지 분명하게 알았을 것이라 생각됩니다."

풍운산장의 상단 본부는 그야말로 축제 분위기였다.

특히 철위강을 따라왔던 가신들과 원로들은 기쁨을 감추

지 못했다.

그도 그럴 것이 풍운산장은 차기 장주를 뽑기 위해 두 명의 아들이 치열하게 경쟁을 벌이고 있었다.

이번 입찰에 철위강의 인생이 걸려 있다고 해도 과언이 아니었다.

그가 풍운상단을 맡고 난 이후 실적이 그리 좋지 못한데다 뚜렷하게 이뤄낸 성과도 부족했던 것이다. 때문에 이번이 마지막이라 생각하고 사활을 걸었다. 관아에 뇌물을 주는 건 기본이고, 협력업체를 쥐어짜서 원가도 대폭 낮췄다.

하지만 그것만으로는 마음을 놓을 수 없어서 할 수 있는 일이 있다면 수단 방법 가리지 않았다. 다른 상단에서 기술자들을 빼 오기도 하고, 사람들을 매수해서 정보를 훔쳐 오기도 했었다. 이렇게 들어간 돈이 몇천 냥이 넘었다.

반드시 입찰을 따내야 하는 이유가 또 하나 생긴 셈이었다. 만에 하나 입찰에 실패하면 그 타격은 실로 엄청날 것이다.

"자자, 그동안 모두들 애써주서서 고맙습니다. 오늘은 마음껏 먹고 마음껏 마셔도 됩니다."

"와와!"

철위강은 소와 돼지를 잡고 협력업체들도 불러서 연회를 베풀었다.

여기저기서 축하 인사가 쏟아져 들어왔다. 아직 발표가 난 것이 아니지만, 누구도 결과를 의심하는 사람이 없었다.

이렇게 좋은 날 산해관 지부를 빼먹으면 섭섭한 일이었다.

철위강은 매일 보고를 받고 있었다. 화은설이 모집 광고를 낸 것을 보고받고 얼마나 웃었는지 몰랐다. 면접 날짜가 지나도 사람이 한 명도 안 와서 화은설이 크게 당황하고 낙담했단 말을 들었을 때는 심지어 배꼽을 잡고 웃기까지 했었다.

그는 곧바로 수하를 불렀다.

"산해관 지부는 어찌하고 있느냐? 아직 단 한 가지 조건도 채우지 못하고 쩔쩔매고 있겠지?"

"그게 좀 이상하게 됐습니다."

"무엇이 말이냐?"

"산해관 지부에서 어제 오후 늦게 입찰을 넣었다고 합니다."

철위강이 눈살을 찌푸렸다.

"우리가 인부들과 협력업체를 싹쓸이했는데 무얼 가지고 입찰을 넣었단 말이냐?"

"북경과 하북성에서 여의치가 않자 다른 지역에서 인력업체와 협력업체를 구한 모양입니다."

철위강은 전혀 생각하지 못했던 방법에 흠칫 놀라고 말았다.

처음부터 이럴 생각이 아니고서는 다른 지역에 있는 업체와 손을 잡긴 어려운 일이었다. 시간적으로나 거리상으로나 그들과 교류를 갖는 것 자체가 불가능한 일에 가까웠기 때문이었다.

"설마 우리가 방해할 것을 예상이라도 했다는 말인가?"

화은설이 이렇게까지 똑똑했었나?

아니, 단순히 똑똑한 것으로 끝나는 것이 아니었다. 건설과 공사에 관해 도통하지 않고는 절대 할 수 없는 일이었다.

'빌어먹을!'

이럴 줄 알았으면 좀 더 확실한 방법으로 짓밟아주는 건데.

철위강이 아쉬운 마음에 입맛을 다셨다.

"그리 걱정하실 일은 아닌 줄 압니다. 겨우겨우 입찰에 참가하긴 했지만, 이제 갓 건설업계에 입문한 애송이들이 어찌 감히 우리 상대가 될 수 있겠습니까?"

"그야 여부가 있겠느냐?"

일고의 가치도 없는 얘기였다.

산해관 지부가 무림맹 소속이라 해도 엄연히 실력이라는 것이 있었다.

화은설은 처음부터 그의 눈에 들어오지도 않았다. 단지 입찰조차 못하도록 철저히 짓밟아주지 못한 것이 아쉬울 따름이었다.

그렇게 한창 연회가 진행되고 있을 때였다.

갑자기 관복을 입은 사람들이 연회장에 들이닥쳤다.

"도찰원에서 나왔소. 풍운산장에서 공사한 둑과 다리에 심각한 문제가 있다고 제보가 들어왔소."

"도, 도찰원."

철위강의 안색이 크게 바뀌었다.

"이 시간부로 감사를 실시하겠소. 설계도면과 장부들이 있는 곳으로 안내하시오."

"모두 모함입니다. 우린 비리를 저지른 적이 없소이다."

"흥! 그건 조사해 보면 아는 일이고. 당장 안내하지 못할까?"

감찰어사가 무서운 표정으로 소리쳤다.

신 나게 웃고 떠들던 연회장에 정적이 흘렀다. 눈치를 보면서 슬금슬금 빠져나가는 사람도 있었다. 입찰 마감 시한을 불과 이틀을 남겨두고 벌어진 일이었다.

二

"아가씨는 어디 있느냐?"

마효가 영영에게 물었다.

"글쎄요. 요즘은 저도 아가씨 뵙기가 힘든 걸요?"

궁금하기는 영영도 마찬가지였다.

화은설은 무엇이 그리 바쁜지 코빼기도 보기 힘들었다. 가끔 얼굴을 보고 반가운 마음에 아는 척이라도 할라치면 기무결하고만 속닥거릴 뿐, 자신은 도무지 끼워줄 생각을 하지 않았다.

그녀도 이런 마당에 마효는 오죽할까?

그는 요즘 불면증에 제대로 잠도 못 자고 있었다.

그도 그럴 것이 입찰에 참가만 하면 무림맹 본단으로 들어갈 수 있는데, 단 한 가지 조건도 채우지 못하고 시간만 흐르고 있었기 때문이었다.

아무리 쩡구를 굴려도 방법이 떠오르지 않았다.

그야말로 비상사태였다.

이러다가는 입찰도 못해보고 세상에 비웃음거리로 전락하고 말게 틀림없었다.

아니, 산해관 지부가 당장 망할 수도 있었다.

마효는 최악의 사태만은 막기 위해 화은설과 대책이라도 논의하려 했었다.

하나 화은설이 밖으로만 나돌 뿐 잠시도 지부에 붙어 있는 꼴을 보지 못했다.

"으으, 지금이 한가하게 놀고 있을 때냐?"

화은설이 일을 하고 있다는 생각은 조금도 들지 않았다. 일을 하고 있다면 적어도 자신과 한 번이라도 회의를 했어야 하는데, 전혀 그런 것이 이루어지지지 않았다. 화은설은 입찰에 넣을 서류 작성 방법을 모르기 때문이었다.

그렇다면 결론은 하나.

어딘가에서 놀든가, 명소나 구경하며 다니고 있다는 소리였다.

마효는 속이 터져 미치기 일보 직전이었다.

그렇게 분노만 곱씹다가 결국 아무것도 하지 못한 채 마감 시한이 끝나고 말았다. 그게 바로 이틀 전 일이었다.

'제길, 망했다. 나는 완전 망했어!'

입찰조차 못하고 끝나 버릴 줄이야.

그는 정천구룡에게 뭐라고 보고를 할지 생각만 해도 눈앞이 캄캄해졌다.

무림맹 본단으로 가는 게 물 건너간 건 말할 것도 없고 무능한 놈이라 욕이나 안 들으면 다행일 것이었다.

그때였다.

"당주님! 당주님!"

평소 걷는 것이 불편한 제 영감이 헐레벌떡 뛰어왔다.

"무슨 일인가?"

"크, 큰일 났습니다."

"호들갑 떨지 말게. 그래 봤자 입찰조차 못한 일보다 더 큰 일이겠나?"

하늘이 무너지면 모를까.

마효는 시큰둥한 표정으로 대답했다.

"그거와는 비교가 안 되는 일입니다."

쿵!

마효의 입술이 파르르 떨렸다.

드디어 올 것이 온 모양이었다.

하긴, 제 영감이 뛰어올 때부터 뭔가 심상치 않더라니.

"어음이 돌아왔나 보군. 이제 우리 망한 건가?"

"그, 그게 아니라 입찰 결과가 발표 났는데… 글쎄 저희가 됐다는데요?"

마효는 자신의 귀를 의심했다.

"엥? 제 영감! 낮술 마셨소?"

말이 말 같아야 믿기라도 하지.

마효는 대꾸할 가치조차 없었다.

"그 헛소리를 하려고 뛰어온 건가? 입찰도 못했는데 우리가 선정될 리 없지 않소?"

"그러게 말입니다. 한데 그게 사실입니다. 입찰 결과가 예정보다 며칠 앞당겨 발표가 됐답니다. 그리고 지금 관아에서 서면으로 통보를 해왔다구요."

그리고는 관아에서 전해준 서신을 건네주었다.

마효의 두 눈이 크게 치떠졌다.

서신을 들고 있던 팔이 부들부들 떨렸다.

"지, 진짜네. 우리가 선정 업체로 결정이 되었어!"

세상에 이렇게 황당한 일이 또 있을까?

입찰한 적이 없는데 입찰 업체로 선정이 될 수가 있나?

귀신이 곡할 노릇이었다.

三

─입찰 결과 산해관 지부가 선정되었다.

소문은 뜨거웠다.

누구도 예상하지 못한 결과에 사람들은 경악을 금치 못했다.

더구나 산해관 지부는 이제 갓 건설업계에 뛰어든 초짜였다. 그들이 기라성 같은 상단들을 제치고 입찰을 따낸 건 전무후무한 일이었다.

하지만 서류상으로만 놓고 보면 그 어떤 상단도 비교할 수 없을 정도로 완벽했다. 인부는 백 명이 넘게 있었고, 협력업체도 경력이 많고 건전한 곳들밖에 없었다. 그리고 무엇보다 공사 단가를 다른 상단보다 가장 적은 금액으로 적었다는 것이다.

원래 입찰이라는 것이 그런 것이다.

서류에서 별다른 이상이 없다면 금액을 가장 적게 써낸 곳이 선정되게 마련이었다.

원래는 풍운산장에서 가장 적은 금액을 적었지만, 그동안 공사했던 곳에서 비리가 적발되면서 자동으로 탈락했던 것이다. 거기에 진주석공까지 감사를 받았다는 소문에 일찌감치 제외가 되어 어부지리를 얻었다.

산해관 지부는 그야말로 축제였다.

수많은 사람이 찾아와 축하해 주었고, 심지어는 그만두었던 직원들이 돌아와 다시 받아달라는 일도 벌어졌다.

"마 당주, 정말 대단하십니다. 입찰을 따낸 비결을 가르쳐 주시오."

만나는 사람마다 그렇게 물어왔다.

"험험! 업계 비밀을 함부로 가르쳐 주면 쓰나?"

하나 정작 마효야말로 알고 싶은 일이었다.

자신이 한 일이 아무것도 없다는 말은 쪽팔려서 할 수 없었다.

한편 기무결과 화은설은 입찰을 준비할 때보다 더 바쁘게 움직이고 있었다. 어쩌면 이제부터가 본격적인 시작인지도 몰랐다.

인력업체나 협력업체 모두 서류상으로만 존재하는 가짜들 아니던가?

입찰 업체로 선정이 되었으니 조만간에 관아에서 실사를 나온다. 그전에 서류상에 적힌 대로 인력을 채우고 협력업체를 만들어놔야만 했다.

"이제 우리 어떡해? 이러다 실사가 나오기라도 하면 모두 들통 나고 말 거라고."

화은설은 입찰을 따내도 걱정이었다.

그래서인지 입찰 선정업체로 내정이 나왔을 때 기뻐서 환호성을 지르기보다 두려움과 걱정이 더 앞섰다.

더 큰 문제는 인력업체와 협력업체를 다른 지역으로 만들어놓았다는 것이었다.

지금 그곳으로 가서 인부들을 채용하고 협력업체를 끌어들이기에는 거리가 너무 멀었다. 분명 거기까지 갔다가 오면 관아에서 실사를 나올 게 뻔했다.

하지만 기무결은 이미 생각해 둔 계획이 있었다.

인부들을 채용하고 협력업체를 끌어들이려고 굳이 다른 지역으로 움직일 필요가 없었다.

"그게 가능한 일이야? 어떻게 가지도 않고 서류에 적힌 대로 인부를 채용할 수가 있어?"

화은설은 기무결이 일부러 자신을 안심시키려고 거짓말하는 줄 알았다.

"후훗! 기다리다 보면 그들이 저절로 우릴 찾아올 겁니다."

"에이, 말도 안 돼!"

거짓말이라도 그렇게만 되면 얼마나 좋을까.

화은설은 하루하루 속이 바싹 타들어가고 있었다.

철위강은 산해관 지부가 입찰을 넣었다는 말을 들은 다음부터 싹쓸이했던 인부들과 협력업체들을 계속 데리고 있을 이유가 없어졌다.

오히려 그들을 계속 데리고 있으면 꼬박꼬박 월급을 줘야 하기 때문에 그만큼 손해나는 일이었다. 선정 업체에서 탈락한 것도 분하고 억울한데, 그 많은 사람에게 엄청난 양의 월급을 쏟아부을 여력이 없었다.

철위강은 갑의 지위를 이용해 일방적으로 계약을 파기했다. 여기저기서 불만이 터져 나왔지만, 그렇다고 감히 대놓고 철위강에게 따지는 사람은 없었다.

기무결은 기다렸다는 듯이 그들에게 접근했다. 사람들은 졸지에 일자리를 잃고 길거리에 내몰린 상황에서 찬밥 더운밥 가릴 형편이 아니었다.

기무결은 그들에게 적은 월급을 제시했지만 감지덕지한 마음으로 받아들였다.

화은설이 처음 모집 광고를 낼 때에 비교하면 월급이 절반도 안 되는 수준이었다. 거의 헐값이나 마찬가지였다. 아마 철위강이 알면 거품을 물고 쓰러지고도 남을 일이었다.

"이제 다 해결한 것 같네요."

기무결이 가공으로 만든 인력업체와 협력업체는 너무도 쉽게 해결했다. 원래 가공의 인력업체와 협력업체들이 진짜 존재하는 업체들로 변한 것이다. 그곳의 주인은 당연히 기무결과 화은설이었다.

화은설은 졸지에 인력업체와 협력업체 주인이 되었지만, 결코 싫지만은 않았다. 어쨌든, 이걸 계속하다 보면 고정적으로 돈을 벌 수 있다는 뜻이 아니던가?

'그렇게 보면 화씨세가의 자금줄도 두 개나 생긴 거네?'

이건 무림맹이나 산해관 지부와는 상관없는 일이기에 순수하게 그녀가 챙길 수 있는 것이었다. 모든 것이 다 기무결 때문이었다. 화은설은 놀랍고 고마우면서도 감격스러워서 어쩔 줄 몰랐다.

"처음부터 이걸 예상하고 있었던 거야?"

"당연하죠. 철가 그놈이 우릴 엿 먹이려고 시장을 싹쓸이 했으니 우리가 입찰에 성공만 하면 계속 데리고 있을 이유가 없죠. 월급이 얼마나 많이 들어가는데요."

"그, 그렇구나!"

화은설은 기가 막힌 표정으로 기무결을 쳐다보았다.

기무결은 그녀가 본 사람 중에 가장 똑똑한 사람인 것 같았다. 천재도 이런 천재가 없었다.

'이럴 때 보면 좀 멋있는 것 같단 말이야.'

흠칫!

화은설은 깜짝 놀랐다.

자신이 지금 무슨 생각을 하고 있는 거람.

하지만 볼이 발그레해지고 가슴이 쿵쿵 뛰고 있었다.

四

사람이 너무 황당하면 말문이 막히기도 하는 법.

지금 제갈무외가 그랬다.

"산해관 지부가 입찰을 따냈다고?"

마효가 보낸 전서구에는 그야말로 충격적인 내용이 적혀 있었다.

화은설이 치열한 경쟁을 뚫고 입찰을 따냈으며 산해관 지부는 망하기 일보 직전에서 기적적으로 되살아날 수 있었다.

"이, 이걸 지금 나보고 믿으라고? 장사에는 쑥맥인 화은설이 무슨 수로 입찰을 따내?"

이건 뭔가 잘못된 게 틀림없었다.

정천구룡은 화은설이 입찰을 따내는 건 고사하고 입찰에 참가하는 것도 불가능하다고 생각하고 있었다. 해서 무리하게 입찰에 뛰어들게 하면 반드시 풍운산장과 피할 수 없는 마찰이 벌어질 테고, 궁극적으로는 풍운산장의 손에 화은설을 죽게 만들 심산이었다.

그게 바로 정천구룡이 판 함정이었다. 어쩌면 풍운산장이 죽이지 못할 수도 있었다. 하지만 그때에는 적어도 크게 망신을 당하거나 재기불능의 타격을 입게 만들어도 상관없었다.

"허헛! 이것 참. 이제 갓 건설로 분야를 바꾼 상단에게 입찰을 주는 경우도 있는 거요?"

"우라질! 이번에야말로 풍운산장의 손을 빌어 화은설을 죽일 수 있겠거니 생각을 했는데, 오히려 공을 세우고 말았으니 원."

정천팔룡은 기가 막혀 말이 나오지 않을 지경이었다.

또다시 월반은 화은설의 몫이 될 것이었다. 업적이라고 하면 너무 거창하게 보이지만, 그래도 망하기 직전인 지부를 되살아나게 만든 건 누구도 할 수 없는 일이었다.

"풍운산장 그 등신들은 뭘 하고 있었던 게야?"

"전서구 보지 못했소? 공사 비리가 터져서 도찰원이 잔뜩 들쑤시고 있다지 않소?"

"이것 참. 화은설이 공사나 건설에도 재능이 있었나?"

"옛말에 호부에 견자 없다고 하지 않았소? 제 아비를 닮았으면 천하제일기재라 해도 과언은 아니지."

이번이 벌써 몇 번째인가?

그들은 화은설을 죽이려고 번번이 화은설을 벼랑 끝으로 내몰았다.

하지만 그때마다 화은설은 인신매매단을 때려잡았고, 혈상을 죽였다. 거기에 동영의 인자들까지 찾아냈으며 이번엔 산해관 지부마저 살려냈다.

화은설은 덤으로 월반이란 부상까지 받았으니 생각할수록 답이 안 나오는 상황이었다.

"또다시 화은설이 금의환향하는 모습을 지켜볼 것이오?"

"그럴 수야 없지."

"그렇다고 우리가 직접 나서서 손을 쓸 수는 없지 않소?"

"상단 본부의 철위강은 원래부터 욕심이 많은 자였소. 그에 비해 풍운무벌의 철패강은 포악하고 잔인한 자이니 산해관 지부가 잘나가는 것을 가만히 지켜만 보고 있지는 않을 것이오."

풍운산장이 이대로 끝내지 않기만을 바라는 수밖에 없었다.

하지만 그게 여의치 않을 때에는 그들이 살짝 도와주는 것도 나쁘지 않았다.

망하기 일보 직전인 상단이 기사회생하는 것도 힘들지만, 단시간 안에 몇 단계로 도약하는 건 불가능한 일이었다.

그런 의미에서 마효는 화은설이 존경스러웠다.

그는 이번 입찰을 주도한 사람이 화은설이라고 알고 있었다. 물론 천하도 그렇게 알고 있었다. 이번에도 기무결은 뒤로 쏙 빠진 상태였다. 화은설은 번번이 자신이 주목받는 것 같아 미안했지만, 오히려 기무결이 사람들에게 주목받는 걸 싫어했다.

'아무튼, 대단하신 분이야.'

마효는 어느새 화은설의 충복으로 변해 있었다.

처음에는 그녀를 무시하고 온갖 불평만 했지만, 이젠 그녀가 서쪽에서 해가 뜬다고 해도 믿을 판이었다. 그는 화은설의 능력에 깊이 탄복을 했고, 그녀와 같이 일할 수 있게 된 것을 영광으로 생각하고 있었다.

"아가씨, 다시 돌아온 직원들 문제는 어찌할까요?"

돌아온 직원이 사십 명이 넘었다.

그들을 다 데리고 있기에는 인건비가 너무 많이 들어간다는 것이 문제였다.

"흐음. 당분간 힘들어도 최소 인원으로 가죠."

"소인도 그게 좋을 것 같습니다."

"현장을 지휘할 사람과 자재들을 검사할 사람, 그리고 장부를 기록할 사람이 있으려면 몇 명이 더 있어야 하나요?"

"적어도 두세 명은 있어야 할 것 같습니다."

"좋아요. 그 부분은 당주께서 적당한 인물로 뽑으세요."

이렇게 말하니까 화은설은 자신이 꼭 뭔가 된 것 같은 착각마저 일었다.

"이제 더 이상 결제받을 건 없나요?"

"그게… 가장 중요한 문제가 남아 있긴 합니다."

"그게 뭐죠?"

"장강 너머에서 물품을 가져오는 것 말입니다."

"아! 그 문제는 내가 생각해 둔 것이 있으니까 너무 걱정하지 말아요."

화은설이 빙그레 웃었다.

육로로 물품과 자재를 가져오려면 이삼 일 이상은 돌아서 오기 때문에 시간과 비용이 두 배로 들어간다.

하지만 공사 단가를 최저로 잡은 상태여서 어떻게든 비용을 절감해야만 했다.

수로를 이용하면 시간을 대폭 줄일 수 있고, 비용도 절약할 수 있을 것 같긴 한데 배를 빌리는 비용이 만만치 않다는 것이 문제였다.

만약 평소였다면 마효는 화은설의 말에 별로 기대하지 않았을 것이었다.

하나 지금은 그녀가 콩밭에서 팥이 난다고 해도 믿었다.

"그럼, 그 문제는 아가씨께 맡기겠습니다."

"호호, 나만 믿어요."

화은설이 어깨를 으쓱거려 보였다.

사실 장강 하류에는 예전부터 알고 지내던 곳이 있었다. 바로 대양선단이란 곳으로 수공과 자맥질에는 타의 추종을 불허하는 곳이었다.

"으흐흐, 이 문제만큼은 나 혼자 해결해야겠어."

그녀는 혼자서 갈 생각이었다. 지금까지 기무결의 도움만 받았지 그녀가 해결한 건 아무것도 없었다.

입찰 건이 무사히 해결돼서 기분이 좋긴 했지만, 그렇다고 언제까지 기무결의 도움만 받을 순 없는 노릇이었다.

그래서였다.

그녀는 기무결에게조차 비밀로 붙였다.

나중에 일이 성공하고 나서 짜잔 하고 놀래켜 줄 생각이었다.

"대충 그 문제를 해결하고 돌아오면 한 달이 되겠군."

그녀가 산해관에 온 지도 벌써 한 달이 다 되어가고 있었다.

다음 조가 와서 그녀와 교체하기 전까지 모든 문제를 매듭지으려면 서둘러야 했다.

五

바늘 가는 곳에 실이 따라가는 법.

영영은 화은설과 하루 이상 떨어져 지낸 적이 없었다.

화은설이 처리할 일이 있다며 삼사 일 정도 자리를 비울 것이라고 말했다. 물론 혼자 갔다 오겠다고 했지만, 영영은 당연히 자신은 따라가는 것으로 생각하고 있었다.

화은설이 어딜 가든 영영을 떼어놓고 간 적이 없거니와 영영 역시도 하루 이상 화은설과 떨어져 지낸다는 생각을 해본 적이 없었다.

영영은 화은설이 혼자서 떠나기 위해 짐을 챙겨서 나오는 것도 모르고 기무결과 얘기하고 있었다.

"물건을 빨리 사 와야 할 게 있는데, 기 마부가 마차로 데려다주면 안 되나요?"

"그리 어려운 부탁도 아니군요."

"헤헤! 고마워요. 대신 나중에 국수를 맛있게 하는 곳을 알고 있으니까 거기서 크게 한턱 쏠게요."

"후후! 영영 소저가 사는 거라면 소생이야 뭐든 환영입니다."

'어쭈구리? 저것들 봐라?'

화은설이 눈썹을 꿈틀거렸다.

자신이 삼사 일 정도 자리를 비우는데도 누구 하나 관심을 갖지 않아서가 아니었다.

영영이 무슨 구중궁궐의 아가씨도 아니고 시장을 보러 가는데 마차를 이용한단 말인가? 분명 기무결과 단둘이 나들이를 가고 싶어 수작을 부리는 게 뻔했다.

기무결도 그랬다.

아니, 무슨 남자가 여자라면 사족을 못 쓰고 헤벌쭉거리며 끼를 부린담?

기무결이 맞장구를 치며 마차를 태워주겠다는 말이 더 얄미웠다.

그녀가 성큼성큼 그들이 있는 곳으로 다가갔다.

"기무결? 너 여기서 뭐 하고 있는 거야?"

"예에?"

기무결이 어리둥절한 표정으로 화은설을 쳐다보았다.

"빨리 준비하지 않고 뭐하고 있어? 아까 너하고 같이 간다고 말했잖아?"

"어, 언제요?"

"으으, 아까 분명히 떠날 준비 하라고 했잖아? 그땐 정신을

어디다 팔고 있었던 거야?'

적반하장도 유분수라고 화은설은 되레 큰소리를 치고 난리였다.

"나 참. 자기 혼자 처리할 일이 있다며 말할 때는 언제고."

"뭐야? 그래서 같이 안 가겠다는 거야?"

"아, 알겠습니다."

저놈의 변덕이 어련할까.

기무결이 투덜거리며 자신의 처소로 향했다.

"마차 끌고 오는 거 잊지 말고. 나 마차 타고 갈 거니까."

"알겠다구요."

어느새 기무결의 모습이 저 멀리 사라졌다.

'흥, 꽤 약이 올랐겠지?'

화은설이 곁눈질로 영영을 쳐다보았다.

하지만 영영은 전혀 약이 오른 표정이 아니었다.

"험험! 너 방금 기무결과 무슨 애기 했어?"

"아가씨가 떠나기 전에 물건 사야 할 게 있어서 기 마부에게 부탁을 하던 중이었어요."

"그, 그런 거였어?"

"그럼, 그게 말고 제가 기 마부와 사사로이 연애라도 하는 줄 알았어요?"

"누, 누가 그렇대?"

화은설이 당황한 표정으로 소리를 질렀다.

"혹시 아가씨, 저희가 연애하는 줄 알고 질투하신 거예요?"

"내, 내가? 무슨 그런 말도 안 되는 소릴 하고 있는 거니?"

화은설은 누가 들어도 어색한 웃음을 짓고 있었다.

'아이, 쪽팔려. 얘 설마 눈치챈 거 아니겠지?'

표정을 보니 눈치챈 거 같았다.

일단은 무조건 오리발을 내밀고 잡아떼는 수밖에 없었다.

추락하는 것엔 날개가 없다.

철위강은 한순간에 모든 것을 잃고 나락으로 떨어지고 말았다.

입찰을 따내는 데 실패한 것은 물론이고, 그동안 공사했던 곳들에서 온갖 비리가 밝혀져 사면초가에 빠졌다. 또한 이번 입찰을 진행하며 사방에 뿌려댔던 뇌물까지 드러나 풍운산장의 상단 본부는 창단 이래 최악의 위기를 맞고 있었다.

여기저기서 계약을 파기하고 거래를 중지하는 곳이 늘어났다.

상계 규모 칠 위에 당당히 이름을 올렸던 풍운산장이었지만, 단시간 안에 회복하기 어려울 만큼 심각한 타격을 입고 말았다.

"형님, 제발 소제를 살려주십시오."

철위강이 철패강의 발 앞에 무릎을 꿇고 머리를 조아렸다.

풍운산장의 또 하나의 조직인 풍운무벌 안이었다.

철패강은 높은 단 위에 앉아 있었고, 그 밑으로 철패강의 가신들과 심복들이 좌우로 도열해 있었다. 특히 철패강의 가신들은 마도에서도 상당히 명성이 쟁쟁한 고수로 철위강은 그리 약한 고수가 아닌데도 그들의 눈빛을 제대로 마주 보지 못할 정도였다.

"이건 누군가의 음모입니다. 어떤 개자식이 악의적으로 풍운산장의 소문을 퍼뜨린 거라구요."

"글쎄. 나를 찾아올 것이 아니라 평소 네 녀석이 자랑으로 여기던 가신들에게 도움을 청하는 것이 순리 아니겠느냐?"

철패강이 시큰둥한 목소리로 말했다.

원래 그들 두 사람은 어려서부터 사이가 좋지 않았다. 풍운산장의 차기 장주 자리를 놓고 경쟁을 벌이고 있는데다 배다른 이복형제였던 것이다. 때문에 그들을 따르는 가신들도 달랐고, 지지하는 세력도 달랐다.

"형님, 살려주십시오. 소제를 구해줄 분은 형님밖에 없습니다."

철위강이 철패강의 바짓가랑이를 붙잡고 애걸복걸했다.

그의 가신들은 관아로 연행되어 조사를 받고 있었다. 이 또한 풍운산장의 치욕이라 할 수 있었다.

"쯧쯧, 나도 돕고는 싶다만, 그렇다고 황실과 싸울 수는 없는 일 아니냐?"

"곧 있으면 아버지가 연공을 마치고 나오실 텐데…… . 상단 본부가 이리된 걸 아시면 저를 찢어 죽이려 할 겁니다."

철위강의 얼굴이 사색으로 변했다.

'흐흐.'

철패강이 속으로 만족스러운 미소를 지었다.

이것으로 사실상 풍운산장의 차기 장주는 정해진 셈이었다.

하지만 철패강은 굳이 이게 아니었어도 풍운산장의 차기 장주에 강한 자신을 갖고 있었다.

그는 북경과 하북성의 군소방파들을 흡수해 나가고 있는 중이었다.

원래 풍운산장의 세력만으로도 마도 서열 십 위에 오르지 않았던가?

거기에 북경과 하북성의 문파들을 모조리 흡수하면 마도 서열 오 위 안에 들어갈 수 있을 터였다.

그리고 이제 그것도 막바지에 이르러서 대부분 흡수하고 남은 문파가 몇 개 남지 않은 상태였다.

"좋다, 내 너를 도와 상단 본부를 음해한 자를 찾아 복수를 해주마!"

"감사합니다, 형님!"

철위강이 이마가 바닥에 닿을 정도로 머리를 숙였다.

"물론 상단 본부가 빠른 시간 안에 정상을 회복할 수 있도록 지원을 아끼지 않겠다."

"이 은혜는 절대 잊지 않겠습니다."

"흐흐, 대신 네 녀석은 이제부터 내 충실한 심복이 되어야 한다."

툭!

철위강 앞으로 작은 알약 하나가 떨어졌다.

"이, 이것은……?"

"흐흐, 만성독약이다. 한 달에 한 번 내가 주는 해독약을 먹지 않으면 지독한 고통을 받다가 온몸이 녹아내리는 무서운 독약이지."

"으으."

철위강이 치를 떨었다.

아무리 배다른 이복형제라도 동생에게 만성독약을 쓸 줄이야.

하지만 그에겐 달리 선택의 여지가 없었다.

이미 풍운산장의 차기 장주 자리에서도 밀린 상태에서 철패강이 대권을 잡으면 가장 먼저 자신을 제거할 것은 불을 보듯 뻔한 일이었다. 그럴 바엔 차라리 지금부터 충성을 맹세하는 게 훗날을 위해서도 좋은 법이었다.

꿀꺽!

철위강이 눈을 감고 만성독약을 삼켰다.

第七章
대양선단

一

　장강에는 여러 개의 선단이 있었다.

　산적들의 위협으로부터 물건을 안전하게 호송해 주는 곳
을 표국이라 한다면 대양선단은 수적들의 위협으로부터 물건
을 안전하게 운반해 주는 곳이었다. 때에 따라서는 무역선들
을 따라 먼 바다에 나가는 경우도 있었다.

　장강 주변에는 수많은 수적이 있었다. 장강수로삼섭육채
가 대표적인데, 그들은 수공과 자맥질이 뛰어나서 수로 위에
서는 제왕과도 같은 존재였다.

　때문에 그들의 위협으로부터 안전하게 물건을 운반하기
위해서는 역시 수공과 자맥질이 뛰어난 곳에 의뢰를 하는 것

이 순리였다. 바다와 강 주변에 선단이 발달한 이유였다.

그중에서도 대양선단의 규모와 세력이 가장 컸다.

특히 대양선단은 의와 협을 기치로 사람들에게 평판도 좋았다.

화은설이 기무결과 영영을 이끌고 대양선단을 찾은 것은 신시(오후 3~5시) 무렵이었다.

"아가씨, 정말 협상에 자신 있는 거예요? 대양선단이 손해를 감수하면서까지 계약을 하겠어요?"

영영이 걱정스러운 목소리로 물었다.

"그거야 뭐, 당연히 쉽진 않겠지. 그래도 협상하기 나름 아니겠니?"

화은설의 표정에는 자신감이 어려 있었다. 그녀는 아직 대양선단과 오래전부터 알고 지내던 사이라는 말을 하지 않았던 것이다.

그때 안에서 묘령의 여인이 환하게 웃으며 달려 나왔다.

"언니! 정말 은설 언니가 맞네요."

"호호! 나를 알아보겠어?"

"언니는 칠 년 전이나 지금이나 너무 예뻐서 금방 알아볼 수 있어요."

"헤헤! 어린 꼬맹이였던 너도 아름다운 아가씨가 되었는데 뭘."

"쳇, 언니와 두 살밖에 차이 안 나거든요."

채연서가 새침한 표정으로 말했다.

그녀는 대양선단주의 무남독녀였지만, 거친 바다의 사나이들과 함께 자란 탓인지 바지 차림에 머리카락도 대충 질끈 동여맨 모습이 미소년 같은 느낌마저 들었다.

"호호! 그런가?"

그녀들이 서로를 보고 깔깔 웃었다.

그녀들은 칠 년 만에 만나는 것이었지만 전혀 어색함이 없었다.

하나 영영은 그녀들을 보며 왠지 속았다는 느낌을 지울 수 없었다.

"쳇, 이제 보니 알고 있던 사람들이었잖아? 어쩐지 협상에 자신있다 했어."

"후훗!"

기무결이 피식 웃었다.

"왜 웃어요?"

"소생은 처음부터 알고 있던 일이었습니다."

"아가씨가 기 마부에게만 말한 거예요?"

"그럴 리가요. 아가씨는 처음부터 혼자 가려고 했었습니다. 그건 뭔가 숨기고 싶은 게 있다는 뜻이지요."

"아! 그랬었죠."

그리 오래된 일도 아니었다. 바로 이틀 전 일이었다.

"그리고 다른 곳도 많은데 콕 찍어서 대양선단을 선택하지 않았습니까? 원래 이런 경우는 모든 선단과 협상을 한 다음 가장 조건이 좋은 곳과 계약을 하는 게 일반적인 겁니다."

"그래서 아가씨가 대양선단과 친분이 있다고 확신을 했단 말이에요?"

영영은 혀를 내둘렀다.

귀신이 따로 없었다. 그녀는 죽었다 깨어나도 절대 추리할 수 없는 일이었다. 어떻게 이런 사람이 마부를 하고 있는지 신기한 일이었다.

'흐음.'

기무결이 살며시 눈살을 찌푸렸다.

뭔가 이상했다. 대양선단의 분위기가 왠지 어수선하게 느껴졌다. 채연서의 입가는 웃고 있지만, 눈빛에는 근심이 어려 있었다.

하지만 아무려면 어떤가?

그들은 협상만 하고 가면 그만이었다.

'내가 신경 쓸 일은 아니지.'

철패강은 대양선단만 생각하면 머리가 지끈거렸다.

대양선단만 흡수하면 북경과 하북성 무림을 완전히 평정할 수 있는데다 풍운산장의 힘도 더욱 강해질 수 있기 때문이었다.

하지만 문제는 대양선단이 무림맹 소속이라는 것이었다.

원래 대양선단의 단주인 채윤걸은 정파도 아니고 마도도 아닌 정사지간의 인물이었다.

하나 십여 년 전 수적들 손에 죽을 뻔한 절체절명의 상황에서 화진악에게 구명지은을 받고 그의 인품에 감복해서 무림맹에 투신했다.

그렇다고 대양선단이 무림맹의 비호 아래 큰 것은 아니었다.

채윤걸은 오로지 맨손으로 시작해서 자신의 힘으로 하북성 최고의 선단을 만들어냈던 것이다.

하지만 화진악이 죽은 이후 무림맹과 왕래한 적이 없었다. 아니, 무림맹에 환멸을 느꼈다고 해야 옳을 것이다.

그는 화진악의 죽음이 석연치 않았지만, 무림맹은 사건을 덮으려는 데 급급했다. 그것이야말로 화진악의 석연치 않은 죽음을 인정하는 것이 아니고 무엇이겠는가? 그는 원로들과 대판 싸우고 그 이후로 무림맹과 왕래를 끊었다.

아마 화은설이 아니었다면 무림맹을 완전히 떠났을지도 몰랐다.

무림맹에서도 별다른 간섭은 하지 않았다. 공식적으로는 무림맹 소속이었지만, 비공식적으로는 각자 서로의 길을 가고 있었다.

"빌어먹을! 끝내 채윤걸이 문제로군."

철패강은 천성이 포악하고 잔인한 자였다.

마음 같아서는 어떻게든 대양선단을 정리하고 싶지만, 그렇다고 무림맹과 한판 전쟁을 벌일 수는 없었다.

북경과 하북성 무림은 하루도 조용할 날이 없었다.

철패강이 가는 곳에는 언제나 피와 죽음이 난무했다. 그의 제안을 받아들이지 않는 자는 죽음으로 다스렸다. 그 어떤 문파도 풍운무벌의 막강한 힘 앞에 버텨내지 못했다.

적게는 수년에서 많게는 백 년이 넘는 전통을 이어오던 방파들이 하루아침에 풍운산장의 지부로 전락하고 말았다.

하나 대양선단은 힘으로 흡수할 수 있는 대상이 아니었다. 그걸 믿고 그러는지 연회에 초대를 해도 건방지게 오지 않았다.

이번에만 해도 그랬다.

자신의 생일을 기념하기 위해 북경과 하북성의 군소방파 방주들을 모두 초대했는데, 채윤걸만 오지 않았던 것이다.

"으으, 이자가 감히 본공자를 능멸해도 정도가 있지."

철패강의 고고한 자존심에 상처를 입은 건 당연지사.

그는 더 이상 수단 방법 가리지 않았다.

가장 좋은 방법은 채윤걸을 죽이고 대양선단을 차지하는 것이었다.

하지만 무림맹과 전쟁을 벌일 수는 없으니 현실적으로 채윤걸을 죽이는 건 불가능한 일이었다.

"대공자, 소인에게 무림맹과 싸우지 않고도 대양선단을 손에 넣을 수 있는 계책이 있습니다."

철패강의 책사를 맡고 있는 염갈이 교활하게 눈동자를 굴리며 계책을 내놓았다.

"오오! 어서 말해보시오."

"채윤걸에게는 무남독녀인 채연서밖에 없습니다."

염갈의 계책은 간단했다.

철패강이 채연서와 결혼을 하는 것이었다.

대양선단의 유일한 상속자인 채연서와 결혼을 하면 자연스럽게 대양선단이 철패강의 손에 들어오게 될 것이었다.

"흐음. 그리만 되면 무림맹과 싸우지도 않고 평화적인 방법으로 대양선단을 손에 넣을 수 있겠군. 하나 채윤걸이 본 공자와의 혼인을 허락할 것 같소?"

"그 점은 염려 마십시오."

염갈이 그에 대한 대비책도 마련해 두었다.

철패강은 비책을 듣고 나서 무릎을 치며 탄성을 터뜨렸다.

"흐흐, 훌륭한 계책이오. 이번에는 채윤걸을 꼼짝 없이 옭아맬 수 있을 것 같소."

二

"아저씨는 어디 가셨어?"

화은설은 주변을 두리번거리며 채윤걸을 찾았다.

"아, 아빠는 잠시 약속이 있어서 외출하셨어요. 아마 저녁 먹기 전에 돌아오실 거예요."

채연서는 살짝 말끝을 흐렸다. 화은설은 이상한 느낌이 들었지만 그렇다고 꼬치꼬치 캐물을 수는 없는 노릇이었다.

채연서가 문득 화은설을 잡아끌었다.

"언니! 제가 대양선단을 구경시켜 드릴게요."

"어? 어, 그래!"

화은설은 채연서의 손에 이끌려 이곳저곳 돌아다녔다.

장원 안에는 장강의 모형을 본떠서 만든 인공 호수가 있었다.

대양선단의 수하들이 한창 인공 호수에서 헤엄을 치고 무공도 수련하며 훈련을 받고 있었다.

화은설은 신기한 눈으로 쳐다보았다. 대양선단은 일반 문파들과는 전혀 다른 방식으로 훈련을 받고 있었다.

"선단은 물속에서 훈련을 하는구나?"

"수적들과 싸우려면 물속에서 잠도 잘 수 있을 정도로 물과 친숙해져야 해요."

"물속에서 잠을 잔다고?"

화은설은 자신도 모르게 탄성을 터뜨렸다.

수공은 써먹을 데가 별로 없어서 익히는 사람이 많지 않았다.

하지만 수공의 세계도 생각보다 넓고 깊다는 것이 한눈에 느껴졌다.

한편, 기무결은 그녀들 뒤에서 천천히 따라다녔다.

다음 조와 교대를 할 시간이 얼마 남지 않았다. 지금쯤이면 협상을 마무리 짓고 돌아가야 하는데, 화은설은 아무리 기다려도 그럴 기미조차 보이지 않았다.

결국 참다못한 기무결이 손짓으로 화은설을 불렀다.

"시간 없는데 언제 말하려고 그래요?"

"나도 알고 있어. 한데 아직 아저씨가 안 돌아왔는데 그럼 어떡해?"

사실 몇 번이고 말하려고 했었는데 쉽게 말이 떨어지지 않았다. 채연서가 너무 반갑게 맞아준 것이 화근이었다. 거기다 대고 목적이 있어서 왔다고 하면 자신이 너무 속물처럼 느껴질 것 같았던 것이다.

"조금만 기다려 봐. 어쩌면 하룻밤 자고 가야 할지도 몰라."

화은설은 이미 하룻밤 자고 가겠다고 마음을 굳힌 상태였다.

그녀가 채연서에게 돌아오자 채연서가 재빨리 그녀의 소매를 잡아채며 은근한 목소리로 물었다.

"저 사람은 누구예요? 아까부터 계속 언니를 따라다니는 것 같은데. 혹시 언니의 애인?"

"아, 아니야! 애인은 무슨. 기무결은 그냥 마부야."

"마, 말도 안 돼. 무슨 마부가 저렇게 잘생겼어?"

채연서은 저렇게 준수하게 생긴 마부는 태어나서 처음 보는 것 같았다.

"언니 말은 도저히 못 믿겠어요. 그러지 말고 나 좀 소개시켜 주세요."

화은설은 하마터면 비명을 지를 뻔했다.

채연서는 단순히 통성명을 하고 싶다는 뜻으로 한 말이었지만, 화은설은 남자로서 기무결에게 관심이 있다는 뜻으로 오해한 것이다.

"기, 기무결은 이미 결혼을 했어."

"그래요?"

"애가 벌써 다섯이나 된다구."

"맙소사! 저 나이에 애가 다섯이면 도대체 몇 살에 결혼을 했다는 거야?"

"그것뿐만이 아니야. 사람은 참 착한데, 여자를 얼마나 밝힌다구. 마부 주제에 부인이 세 명이나 있다니까."

"쯧쯧, 남자가 얼굴값 한다더니 그런 모양이네요."

채연서는 통성명을 나누고 싶은 마음이 뚝 떨어졌다.

'휴우!'

화은설이 속으로 안도의 한숨을 내쉬었다.

기무결이 졸지에 여자를 무지 밝히고 애가 다섯이나 딸린 유부남으로 둔갑하는 순간이었다.

채윤걸 부녀는 최근 들어 근심이 심해지고 있었다.

철패강의 야욕이 날이 갈수록 무서워지고 있기 때문이었다. 그동안은 협박도 하고 회유도 하며 대양선단을 손에 넣으려고 했지만, 채윤걸 부녀는 눈 하나 깜빡하지 않았다.

그러자 이번에는 매파를 통해 정식으로 채연서에게 청혼을 했다.

채윤걸은 일언지하에 거절했다. 철패강의 의도는 너무도 뻔했다. 서로 사랑하는 것도 아니고 대양선단을 차지하기 위한 결혼은 절대 허락할 수 없었다.

또한 채연서에게는 따로 사랑하는 사람이 있었다.

하지만 철패강이 이대로 물러서지 않을 것이라는 것을 누구보다 잘 알고 있었다. 철패강은 결혼만 할 수 있다면 무슨 짓이든 저지를 수 있는 자였다. 가장 좋은 방법은 사랑하는 사람과 서둘러서 결혼을 시키는 것이었지만, 철패강에게서 청혼이 들어왔다는 것을 알고 난 이후부터 남자 집안에서 겁을 먹고 발을 빼기 시작했다.

그렇다고 그들을 탓할 수도 없는 노릇이었다.

북경과 하북성에서 풍운산장의 눈치를 보지 않고 살아갈 사람은 아무도 없기 때문이었다.

사실 이것만 해도 충분히 골치 아픈 일이었다.

한데 표행에 심각한 사고가 터지고 말았다.

대양선단은 최근에 한나라 때와 당나라 때의 고서화 몇 점을 장강 상류로 가져다주는 일을 의뢰받은 적이 있었다.

고서화는 워낙 가격이 비싸서 부르는 게 값이었다.

당연히 보안 유지가 생명이었다. 혹시라도 수적들 귀에 들어가는 날엔 장강 일대가 아비규환의 지옥으로 변할 게 뻔했다.

그렇게 철저히 보안을 유지하고 며칠 동안 표행 계획을 세운 끝에 무사히 고서화를 목적지까지 안전하게 전해줄 수 있었다.

하지만 문제가 생긴 건 그로부터 십여 일 뒤였다.

처음 대양선단이 고서화를 받았을 때는 틀림없는 진품이었다.

한데 똑같이 생긴 고서화들이 암거래 시장에서 거래가 되고 있었던 것이다. 워낙 정교하게 생겨서 무엇이 진품이고 가짜인지 구분이 가지 않을 정도였다. 오히려 대양선단이 건네준 고서화가 가짜란 생각마저 들었다.

대양선단은 졸지에 범인으로 몰렸다.

그리고 엄청난 액수의 돈을 몇 배의 금액으로 변상해 내야 할 처지에 놓이고 말았다.

가히 천문학적인 액수였다. 대양선단은 다 갚을 수도 없거니와 졸지에 파산할 수밖에 없는 상황에 내몰리고 말았다.

四

"그래서 지금 아저씨는 돈을 구하러 다니신단 말이야?"

"예, 언니! 돌아오시려면 아마 며칠은 더 걸리실 거예요."

"나 참, 그런 일이 있었으면 진작 얘기를 했어야지."

화은설은 대양선단이 이렇게 어려운 상황에 처한 줄은 꿈에도 몰랐다. 이런 상황에서 자신을 도와달라는 말을 하지 않은 게 천만다행일 정도였다.

"오랜만에 언니가 찾아왔는데, 괜히 걱정하게 만들고 싶지 않았어요."

채연서는 고개를 푹 수그렸다.

그녀의 얼굴에는 미안한 마음으로 가득했다.

"지금 그게 중요해?"

화은설은 안타까운 마음에 발을 동동 굴렀다.

저녁 먹을 때가 되었는데도 채윤걸이 돌아오지 않는 것이 아무래도 이상해서 계속 캐물었더니 채연서가 갈등하다 결국 힘겹게 사실을 털어놓았던 것이다.

"그럼 얼마나 물어줘야 하는 건데?"

"백만 냥이에요."

"배, 백만 냥이라고?"

화은설은 기겁을 했다.

많아도 너무 많았다. 이건 도저히 자신도 어떻게 도와줄 수 있는 문제가 아니었다.

"어쩌다가 이렇게 된 거야?"

"휴! 표행에는 문제가 없었어요. 한데 어떻게 고서화가 암시장에 나돌아 다니고 있는지 모르겠어요."

"고서화가 진품이었던 것은 확실하고?"

"감정서까지 있었으니 확실해요. 다만 그 며칠 사이에 고서화들을 위조해서 진품과 바꿔치기할 수 있다는 것은 거의 불가능한 일이에요."

"그러니까 한마디로 불가능한 일이 벌어졌다는 소리네?"

"그래서 더 난감해요. 사람들은 우리가 작당하고 위조를 하고 진품과 바꿔치기했다고 믿고 있으니까요."

"흐음."

화은설이 희미하게 고개를 끄덕였다.

위조를 하려면 당연히 진품을 봐야 한다.

거기에다 시간도 며칠밖에 없었다면 채윤걸의 협조 없이는 불가능한 일이었다.

'사람들이 의심을 할 만하네.'

그녀는 문득 짚이는 부분이 있었다.

"혹시 내부인의 소행이 아닐까?"

바꿔치기를 하든 위조를 하든 내부의 협조를 받아야 가능한 일이었다.

"그게 확실하지가 않아요. 고서화에 대해서는 아빠와 몇몇 사람만 알고 있었거든요. 내부에 새어 나갈 일도 없었어요."

채윤걸은 대양선단의 사람을 모두 조사해 보았지만, 딱히 의심 가는 사람을 찾아내지 못했다.

"그것참."

이래서는 범인을 잡는 것도 쉽지 않을 것 같았다. 아니, 고서화가 어떤 경로로 위조가 되었는지 밝혀내는 것도 어려워 보였다.

그야말로 완전범죄였다.

범인도 없고 단서도 없었다.

만약 위조품이 알려지지 않았다면 세상에 누구도 이번 사건을 모르고 넘어갔을 것이었다.

'그러니 아저씨가 의심을 받을 수밖에.'

사면초가라는 말이 딱 어울리는 상황이었다.

화은설은 잠시 눈을 감고 생각에 잠겼다.

문득 기무결이 머릿속에 떠올랐다.

수많은 사건을 너무도 쉽게 해결했던 기무결이라면 혹시 해결할 수 있을지도 몰랐다.

'아니야. 이건 완전범죄라구. 이번만큼은 기무결도 해결하지 못할 거라구.'

대양선단의 위기는 곧 철패강에겐 기회였다.

그는 대양선단이 백만 냥이라는 거액의 배상금을 물어줘야 한다는 소문을 듣고 회심의 미소를 지었다. 대양선단이 하북성 최고의 선단이라 해도 백만 냥을 물어줄 능력이 있을 리 없었다.

더구나 한 번 신용에 타격을 받은 이상 사업을 계속하는 것도 어려울 것이었다. 채윤걸은 어딜 가도 돈을 빌리기 어렵다는 뜻이었다.

"흐흐, 그러게 처음부터 본공자의 제안을 받아들였으면 이런 일도 없었을 것이 아니냐?"

그랬다.

이번 표행 사건은 암중에 그가 조종했던 것이다.

하지만 몇 가지 안전장치를 만들어두었기 때문에 누구도 그가 개입했단 것을 의식하지 못했던 것이다.

이것이 바로 책사였던 염갈의 계략이었다.

대양선단을 궁지로 몰아넣으면 제아무리 자존심 강한 채윤걸도 뜻을 굽힐 수밖에 없으리라.

표행에 문제가 생긴 일이니 무림맹에서도 선뜻 도와줄 수 없을 테고, 무림맹과 싸우지도 않고 대양선단을 손에 넣을 수 있으니 그야말로 일석이조였다.

아무튼 철패강은 처음 사건이 터진 날부터 유심히 상황을 지켜보았다. 그렇다고 바로 대양선단을 찾아가지는 않았다.

그럼 오해를 받기 십상이기 때문이었다. 그렇게 며칠이 흘러 대양선단이 완전히 궁지에 몰려 있을 때 즈음 해서 대양선단을 찾아갔다.

"소문은 들었소. 꽤나 안타까운 일이 벌어졌더군요. 만약 본공자의 청혼을 받아준다면 이번 사건은 풍운산장에서 해결해 주겠소."

교활하기 짝이 없는 행동이었다.

남의 위기를 틈타 자신의 이익을 추구하는 건 결코 군자가 할 짓이 아니었던 것이다.

채윤걸은 일언지하에 거절했다.

"당장 나가지 못할까? 다시는 네놈의 얼굴을 보고 싶지 않으니 두 번 다시 찾아오지 마라."

"후후! 큰소리를 치는 것을 보니 아직은 살 만한 모양이구려. 하지만 머지않아 본 공자를 사위로 인정할 날이 올 것이오, 장인!"

푸하하!

철패강은 앙천광소를 터뜨리고 떠나갔다.

며칠 내로 다시 찾아올 것이라는 말을 남기고.

채윤걸은 치욕에 주먹을 부르르 떨었지만 끝내 고개를 떨구고 말았다. 절망의 끝에서 그가 할 수 있는 일이 아무것도 없었던 것이다.

"그게 오늘이라고?"

화은설의 물음에 채연서가 아무 말 없이 고개만 끄덕였다.

"아저씨도 안 계신데 어쩌려고?"

"차라리 아빠가 안 계신 게 더 편한 거 같아요."

"설마 철패강의 청혼을 받아주려는 건 아니겠지?"

"그, 그게⋯⋯."

채연서는 더 이상 말을 잇지 못했다.

그녀의 두 눈에서 주르륵 눈물이 흘러내렸다. 사랑이니 뭐니 하는 감정은 지금 그녀에겐 사치에 불과했다. 자신만 희생하면 모든 것이 제자리로 돌아갈 수 있었다. 대양선단은 무사할 수 있었고, 그녀의 아버지도 명성을 지킬 수 있을지도 몰랐다.

"이제 밤이 늦었어요. 언니는 처소로 돌아가세요."

그녀는 그렇게 말하고는 어둠 속으로 사라져 버렸다.

五

철패강은 초경(저녁 7~9시) 무렵에 찾아왔다.

"채 소저, 어떻게 소생의 제안은 생각해 보았소?"

사실 그가 저녁에 찾아온 건 다 이유가 있었다. 채연서가 허락을 하면 곧바로 이곳에서 신방을 차릴 생각이었던 것이다.

채연서는 입술을 깨물었다.

그녀가 철패강의 비열한 의도를 모를 리 없었다.

생각 같아서는 침이라도 뱉어주고 싶었다. 그녀는 철패강만 생각하면 치가 떨렸다. 잔인하고 포악하기 이를 데 없는 자와 결혼을 하면 그녀의 남은 인생이 어떻게 될지는 안 봐도 뻔했다. 하물며 철패강은 이미 처첩이 일곱 명이나 있었다.

'추잡한 작자 같으니!'

채연서는 이미 몇 번이나 다짐을 한 일이지만, 쉽게 마음이 진정되지 않았다.

하지만 이내 입술을 깨물었다. 채윤걸이 오기 전에 모든 걸 끝내놓고 싶었다.

"철 대협! 정말 이번 사건을 해결해 주실 수 있나요?"

채연서가 처연한 표정으로 물었다.

"흐흐, 그야 여부가 있소? 풍운산장의 힘은 상상 그 이상이오. 결코 처가를 외면하지 않을 것이오."

"그렇다고 무력으로 해결하는 건 원치 않아요."

"흐흐, 채 소저는 마음도 곱구려. 지금 확실하게 약속을 하겠소. 반드시 평화적인 방법으로 해결할 것이며 장인어른께 누가 되는 일은 결코 없을 것이오."

부르르!

채연서가 장인어른이란 말에 온몸에 벌레가 기어가는 것처럼 소름이 돋았다.

그러거나 말거나 철패강이 회심의 미소를 지었다.

"자, 그럼 이제 소생의 청혼을 받아주는 것이오?"

이제 드디어 그의 야망이 실현되기 직전이었다.

대양선단을 얻고 북경과 하북성의 무림을 하나로 일통한 다음 마도무림의 서열을 오 위 안으로 끌어 올리는 것. 생각만 해도 짜릿한 일이었다.

기무결은 화은설에게 설명을 듣자마자 바로 위조의 한 계통이라는 것을 깨달았다.

완전범죄일 수밖에 없었다. 범인도 없고, 아무런 증거도 남지 않을 수밖에 없는 일이었다. 애초에 의뢰인이 건네준 것도 진품이었고, 암시장에 나돈 것도 진품이기 때문이었다.

"어떤 놈인지 심하게 장난을 쳤군요."

"장난?"

"두 개 모두 진품이란 말이죠."

"그, 그게 말이 되는 거야? 어떻게 진품이 두 개일 수가 있어?"

화은설은 도저히 기무결의 말에 납득할 수 없었다.

그녀는 이번만큼은 기무결도 모를 것이라고 생각하고 말을 꺼냈는데 이게 웬걸?

기무결은 아무것도 아니라는 표정으로 너무 쉽게 대답하는 것이었다.

평소에도 기무결은 얄미울 정도로 똑똑해서 질투가 날 정도였다.

하지만 이번엔 도저히 기무결의 말에 수긍할 수 없었다.

진품이 진품일 수밖에 없는 이유는 세상에 딱 하나밖에 없기 때문이었다. 한데 물건이 두 개라는 건 어느 하나가 가짜라는 뜻이었다.

"클클, 그러니까 그게 위조죠."

"그럼, 지금 한 말이 모두 사실이란 말이야?"

"진품과 가짜 모두 구별하기 어렵다고 했겠죠. 단지 진품이라는 것은 조금 진하고 가짜는 조금 흐릿하다고 하지 않았나요?"

"세, 세상에. 정말 그렇게 얘기했어."

화은설은 기절초풍할 지경이었다.

어떻게 보지도 않고 알 수 있는지 귀신이 곡할 노릇이었다.

"대양선단에서 가지고 있던 물건이 가짜라고 했으니 조금 흐릿한 물건이겠네요."

"마, 맙소사! 그것도 맞아."

"후후! 그렇다면 역시 그 수법으로 위조한 거네요."

"마, 말도 안 돼! 이게 위조였다니. 하지만 연서의 말에 따르면 중간에 누가 위조할 시간적인 여유가 없었대. 아저씨가 계속 고서화를 지니고 있었다니까 말이지."

"이건 보통 위조와는 다릅니다."

하나의 진품을 두 개로 만드는 것.

기술만 좋으면 세 개, 네 개까지 만들 수도 있었다.

"한지는 보기에는 아주 얇아 보이지만, 사실은 몇 겹이 뭉쳐서 만들어진 겁니다."

"그게 뭐가 어쨌다고?"

"물론 보통 사람들은 이 사실을 잘 알 리 없죠. 설령 알아도 아무 쓰잘데기 없는 지식에 불과할 뿐이구요."

하지만 이 뭉쳐진 한지를 하나씩 뜯어낼 수만 있다면 진품을 몇 개로 만들 수 있었다. 직인이나 서명까지 똑같기 때문에 전문가도 구별할 수 없었다.

"아!"

화은설은 멍하니 기무결의 얼굴을 쳐다보았다.

그녀는 충격 그 자체였다.

하나 그것도 잠시.

그녀가 갑자기 자리에서 벌떡 일어섰다.

"이러고 있을 때가 아니야. 당장 가서 연서가 철패강 그놈의 청혼을 받아들이는 것을 막아야 해."

기무결이 어리둥절한 표정으로 물었다.

"청혼을 막다니 그건 또 무슨 말입니까?"

"글쎄, 철패강이 오래전부터 대양선단을 빼앗기 위해 눈독을 들여왔다지 뭐야. 그러다 대양선단이 어려운 틈을 노리고 연서에게 청혼을 했다는 거야. 결혼만 하면 이번 사건을 대신 해결해 준다나 어쨌다나."

기무결은 기겁을 했다.

"아니, 풍운산장이 개입한 얘기를 왜 지금 하는 겁니까?"

풍운상단에 이어 이번엔 풍운무벌이었다.

풍운산장과 계속 엮여서 좋을 게 하나도 없었다.

기무결은 이번 일에 풍운산장이 개입한 것을 알았다면 절대 말하지 않았을 것이었다.

"잔말 말고 빨리 따라오기나 해."

"뭘 어쩌려고요?"

"무조건 혼사를 막아야지."

화은설은 할 수만 있다면 풍운산장을 뒤집어엎을 기세였다.

하긴, 앞뒤 안 가리고 달려드는 것이 화은설다운 행동이긴 했지만, 기무결은 이러다가는 제 명에 못 죽을 것 같았다.

'내가 못 산다, 정말!'

화은설은 고삐 풀린 망아지가 따로 없었다.

가만히 놔두면 대형 사고를 칠 것만 같았다.

"같이 가요."

"다시 한 번 묻겠소. 소생의 청혼을 받아주겠소?"

결코 청혼을 하는 사람의 자세가 아니었다.

철패강의 목소리는 상당히 고압적이었다.

하지만 궁지에 몰린 채연서의 입에서 나올 말은 뻔했다.

그녀는 눈물이 핑 돌았지만, 이내 고개를 끄덕였다.

"아, 알았……."

그때, 갑자기 문이 벌컥 열리며 화은설과 기무결이 들어섰다.

"헉헉! 멈춰! 그 청혼은 받아들일 필요 없어."

第八章
전쟁의 서막

一

"으아악!"

철패강은 자신의 처소로 돌아온 직후 방 안에 있던 물건들을 때려 부쉈다.

와장창! 쨍그랑!

순식간에 방 안이 난장판으로 변했지만 철패강은 그래도 분노가 가라앉지 않았다.

"으으, 찢어 죽일 계집 같으니."

화은설을 떠올리며 이를 갈았다.

다 된 밥에 재를 뿌려도 유분수지.

채연서가 결혼을 하겠다고 대답하기 직전이었다.

한데 난데없이 화은설이 끼어들어 위조 수법을 낱낱이 까발렸던 것이다.

"그, 그게 정말이에요?"

"그렇다니까. 한지는 여러 겹으로 되어 있어서 뜯어낼 수만 있다면 충분히 진품 두 개가 만들어지는 거야."

"어떻게 그런 일이……."

채연서는 입술을 깨물었다.

세상에 이런 식의 위조가 있을 줄이야. 대양선단이 범인으로 몰릴 수밖에 없는 이유를 이제야 알 것 같았다.

놀라기는 철패강 역시 마찬가지였다.

그는 귀신이 곡할 노릇이었다.

눈으로 직접 보지 않고서야 어찌 한지를 뜯어내고 두 개의 진품을 만든 것을 알 수 있단 말인가?

더구나 암시장에 있는 것이 조금 더 진하고 대양선단에 있는 것이 흐릿하다고 말할 때는 자기도 모르게 소리를 지를 뻔했다.

'이 계집이 어떻게 안 거지? 설마 우리 쪽에서 비밀이 새어 나가기라도 했단 말인가?'

말이 안 된다는 것은 누구보다 그가 더 잘 알고 있지만, 오죽하면 그런 생각마저 들까 싶었다.

오히려 그는 화은설이 위조 사건의 배후로 자신을 지목하지는 않을까 전전긍긍했을 정도였다. 위조 사건이 알려지면 그 파장이 생각보다 커질 수 있기 때문이었다. 자신이 생각해도 한심한 일이었다.

계획은 물거품으로 변했는데 오히려 걱정을 해야 할 판이라니.

간신히 표정 관리를 하고 그 자리에서 벗어나긴 했지만, 그것으로 이미 청혼은 물 건너갔고 대양선단을 손에 넣겠다는 꿈도 저 멀리 사라진 뒤였다.

그는 가까스로 분노를 억누르고 염갈을 불렀다.

"책사! 그 계집이 누구인지 알아냈소?"

"아무래도 무림맹의 성녀 화은설인 것 같습니다."

"화, 화은설? 뭔가 착각한 게 아니오? 화은설이 무슨 수로 위조 수법을 알아본단 말이오?"

"그, 그건 그렇긴 하지만, 인상착의가 틀림없이 화은설입니다."

염갈이 달리 책사가 아니었다.

그는 정파 백대고수의 인상착의는 물론이고 후기지수들의 성격까지 모두 파악하고 있었다. 그중에는 화은설도 끼어 있었다.

그때였다.

문이 벌컥 열리며 철위강이 들어왔다.

"형님! 드디어 풍운상단을 엿 먹인 연놈들을 찾았습니다."

그는 흥분한 나머지 연신 씩씩거리고 있었다.

"무슨 소리냐? 도찰원에 고발한 자들은 진주석공이라 하지 않았느냐?"

"소제도 그런 줄 알았는데, 글쎄 알고 보니 진주석공도 감쪽같이 누군가에게 이용을 당했던 겁니다."

"그러니까 누군가 진주석공을 이용해서 풍운상단을 함정에 빠뜨렸단 말이냐?"

"그렇습니다. 이게 바로 그 연놈들의 인상착의입니다."

철위강이 두 개의 초상화를 보여주었다.

거기에는 기무결과 화은설의 얼굴이 그려져 있었다.

"아, 아니, 저 계집은……?"

철패강이 자리에서 벌떡 일어섰다.

그는 기무결은 주의 깊게 본 적이 없어서 화은설 얼굴만 기억하고 있었던 것이다.

"형님, 아는 계집입니까?"

"으으, 어디 알다뿐이겠느냐? 저 계집이 무림맹의 성녀 화은설이다."

"예에?"

철위강은 자신의 귀를 의심했다.

"형님은 화은설에 대한 소문도 들어보지 못한 겁니까?"

"그걸 누가 모르겠느냐? 하지만 나도 방금 저 계집에게 당했단 말이다."

"마, 말도 안 돼! 그럼, 대양선단을 손에 넣으려던 계획도?"

"화은설이 중간에 방해해서 물거품으로 변했다. 이제야 이 번 입찰이 산해관 지부의 차지가 된 이유를 알겠구나!"

"우드득!"

철위강이 이를 갈았다.

태어나서 처음이었다. 그는 이렇게까지 누군가에게 무시를 당하고 짓밟힌 적이 없었다.

"이대로 가만히 있을 겁니까, 형님?"

"계집에게 당하고도 가만히 있으면 우린 남자도 아니다."

분노가 극에 달한 때문이었을까?

그들은 무림맹과의 전면전도 안중에 없었다.

"너는 빨리 군사를 모아라. 나는 가신들을 소집하겠다."

철패강은 모든 정예를 모아 산해관 지부로 쳐들어갈 생각 이었다.

전쟁!

이젠 전쟁이었다.

"소제만 믿으십시오."

그들은 태어나서 처음으로 뜻이 맞았다. 화은설에 대한 분 노가 어찌나 컸는지 철위강은 지금 이 순간만큼은 만성독약 을 복용했던 원한조차 잊고 있었다.

기무결 일행은 대양선단을 떠나 하룻길을 달려 초원에 들어섰다. 이제 산해관 지부까지 반나절 정도의 거리가 남아 있었다. 시간은 다소 빠듯하긴 했지만, 교체 시간 전에는 도착할 수 있을 것 같았다.

그들은 간단하게 노숙 준비를 했다.

간단하게 천막을 치고 준비해 온 장작에 불을 지펴 모닥불을 피웠다.

밤하늘에는 수없이 많은 별이 반짝거렸고, 달빛은 유난히 교교하게 흐르고 있었다. 모닥불을 피워놓고 고기도 굽고 하다 보니 왠지 모를 낭만이 느껴졌다.

화은설의 표정은 어느 때보다 밝았다. 그도 그럴 것이 위조 수법을 밝혀내면서 대양선단은 누명을 벗을 수 있었고 채연서 역시 원치 않는 결혼을 할 필요가 없어졌기 때문이었다.

사실 그것만으로도 뿌듯한 일이었다.

한데 채연서는 감사의 의미로 전폭적인 지원을 약속했다.

무상으로 배를 빌려주기로 한 것은 물론 자재와 물품을 옮길 때 필요한 인력도 대양선단에서 도와주기로 했던 것이다.

인력을 지원해 주는 건 전혀 생각지 못한 일이었다.

이렇게 되면 단가를 얼마나 더 절약할 수 있을지 몰랐다.

그야말로 천운이었다. 가뜩이나 이번 입찰 건으로 산해관 지부는 기사회생할 수 있게 되었는데, 대양선단에서 모든 것을 무상으로 지원해 주면 엄청난 흑자가 예상되고 있었다.

"호호! 대충 계산을 해도 몇천 냥은 충분히 아낄 수 있겠는걸?"

화은설의 입에서는 웃음이 떠나지 않았다.

"그렇게 좋아하고만 있을 때가 아닙니다. 철패강이 돌아가기 전에 우릴 쳐다보는 눈빛이 심상치 않았다구요."

"그건 나도 알고 있어. 그 더러운 성격에 분명 복수하려 들게 뻔해."

"아마 단단히 준비하고 있을 겁니다. 그래도 설마 무림맹과 전쟁을 할 게 아니라면 산해관 지부를 건드리지는 못할 테니 그나마 다행이죠."

"그건 나도 같은 생각이야. 그렇다면 혹시 우리가 돌아갈 때를 노리고……?"

"그럴 수도 있고, 아니면 우리가 볼일을 보기 위해 밖으로 나갔을 때를 노릴 수도 있겠죠."

최악의 상황에는 자객을 사서 암살을 시도할 수도 있었다.

철패강은 충분히 그러고도 남을 만큼 비열하고 잔인한 자였다. 언제 어디서 무슨 짓을 벌일지 예측할 수가 없었다.

그렇다고 마냥 두려워 떨고 있을 수는 없었다.

"철패강에게 양심이라는 것이 있다면 우릴 해코지할 게 아니라 반성해야 한다구. 엄청난 갑질에 온갖 비리에, 이번에

도찰원 감찰 조사 결과를 보니까 그동안 엄청 해먹었더구만, 뭘."

화은설이 일일이 열거하기에도 입이 아플 정도였다.

그때였다.

어둠 속을 뚫고 누군가 그들이 있는 곳으로 다가오는 것이 아닌가?

허름한 차림의 중년인이었다.

화은설은 처음엔 잔뜩 긴장을 했다가 이내 경계를 풀었다.

"휴우! 나는 철패강이 복수하러 오는 줄 알았네."

"우리에게 당한 빚을 갚겠다고 작정을 했다면 지금 올 리 없죠. 아마 우릴 찾아오게 된다면 풍운산장의 병력을 모두 동원해서 올 겁니다."

"설마! 겨우 우리 두 사람 잡자고 풍운산장의 병력을 동원할까?"

"고서화를 위조해서 대양선단을 빼앗으려던 자입니다. 목적을 위해서는 수단 방법 안 가리는 자란 말입니다."

"하긴, 철위강은 온갖 비리를 저지르고 부실 공사를 했지. 그리고 보면 철씨 형제는 양아치 축에도 낄 수 없는 인간쓰레기들이야."

철패강, 철위강 형제가 들으면 거품을 물고도 남을 소리였다.

한편 중년 사내는 기무결 일행을 그냥 지나쳐 가려고 했었다.

하지만 기무결과 화은설이 철패강 형제를 얘기하는 것을 듣고는 눈빛을 반짝거렸다.

그가 천천히 기무결 일행이 있는 곳으로 다가왔다.

"흠흠! 여기서 사람을 만날 줄 몰랐군. 고기가 꽤 많아 보이는데, 같이 먹으면 안 되겠나?"

기무결이 선뜻 자리를 권하며 말했다.

"고기는 충분하니 여기에 앉으시지요."

"헛헛! 젊은 사람이 화통하군."

대개 이런 경우는 고맙다는 말이 먼저 나와야 하는데, 중년 사내는 전혀 고마운 기색 없이 자리에 앉았다.

'뭐야, 이 작자?'

화은설이 황당한 눈으로 중년 사내를 쳐다보았다.

그때, 기무결이 그녀에게 눈짓으로 신호를 보냈다. 화은설이 황당한 표정으로 기무결을 쳐다보았다.

'왜?'

그녀의 눈빛은 그렇게 묻고 있었다.

기무결은 그저 고개만 가로저을 뿐 아무 말도 하지 않았다.

화은설은 더 이상 묻지 않았다. 기무결이 그러는 데에는 분명 이유가 있을 것이라는 생각이 들었기 때문이었다.

기무결은 평소보다 더 호탕하게 행동했다.

그녀가 아는 한 기무결은 낯선 사람에게 저렇게 호감을 품고 호의를 베풀 사람이 아니었다.

'아!'

그때, 화은설은 불현듯 중년 사내가 지나온 길을 보고 흠칫 놀라고 말았다. 중년 사내가 지나온 곳에 발자국이 하나도 없었기 때문이었다. 그녀가 놀란 눈빛으로 기무결을 쳐다보자 기무결이 고개를 끄덕였다.

'이, 이럴 수가…….'

이는 눈 위를 달려도 흔적이 남지 않는다는 답설무흔의 경지와 똑같았다.

천하에는 고수가 많지만 답설무흔을 펼칠 수 있는 고수는 백 명 내외였다. 그렇다는 건 중년 사내가 백대고수 중 한 명이라는 소리.

하지만 지금 중년 사내는 달려온 것이 아니라 천천히 걸어오지 않았던가?

이는 능히 능공허도의 경지와 비견될 정도로 가공할 수법이라 할 수 있었다.

'공력을 추측할 수조차 없는 엄청난 고수다.'

옷차림이 허름한 자라고 무시할 일이 아니었다.

기무결은 거기서 한발 더 나아가 자신들에게 먼저 다가온 이상 호의를 베풀어서 나쁠 게 전혀 없다고 생각한 것이다.

더구나 중년 사내가 향하는 방향이 산해관 쪽이었다.

사실은 그것이 결정적이었다.

어쩌면 풍운산장의 위협이 가해질지 혹시 모를 상황에서 중년 사내 같은 고수를 친구로 사귀면 한결 든든해질 수 있기 때문이었다.

'어떻게 자연스럽게 산해관 지부로 데려갈 수 있을까?'

중년 사내와 친해지는 건 일종의 보험이었다.

하나 아쉽게도 중년 사내는 고기를 다 먹고는 횡하니 가버리고 말았다. 그는 올 때와 마찬가지로 갈 때도 별다른 감사 인사 한마디 없었다.

'흐음, 뭘까?'

기무결이 고개를 갸웃거렸다.

분명 아무 이유 없이 자신들에게 다가와 고기를 먹었을 것 같진 않았다.

한데 그냥 고기만 먹고 갈 줄은 기무결도 생각하지 못한 일이었다.

'쩝! 어찌 됐든 아쉬운 일이군.'

三

'으으, 저 빌어먹을 새끼! 저걸 어떻게 죽여야 잘 죽였다고 소문이 날까?'

어둠 속에 숨어서 기무결 일행을 바라보며 이를 가는 사람이 있었다.

바로 뇌강이었다.

그는 지난 한 달 가까이 기무결이 어딜 가든 은밀하게 따라다녔다. 진주석공은 물론이고 대양선단까지 따라갔다. 물론 기회를 보고 보물지도와 무공비급을 빼앗을 생각이었지만, 기무결과 화은설은 한순간도 떨어지지 않았다.

그래도 언제고 한 번은 기무결과 화은설이 떨어져 지내는 날이 오겠지, 뇌강은 그런 생각으로 단 한순간도 감시를 소홀히 할 수 없었다.

그동안 그는 비가 오면 비를 다 맞아야 했고, 밥을 굶기를 또 얼마나 했는지 한 달 전과 비교하면 거의 피골이 상접한 수준이었다.

'어이구, 감찰총국에게 쫓길 때에도 꼬라지가 이 정도는 아니었는데.'

그를 낳아준 부모도 못 알아볼 것 같았다.

그렇게 한창 신세 한탄을 하고 있을 때였다.

뇌강은 문득 기무결 일행에게 다가온 중년 사내를 보고 눈을 크게 치떴다.

'아니, 저자는 풍운산장의 장주 철산호가 아닌가?'

철산호는 몇 년 전에 우연히 한 번 본 게 전부였지만, 아직도 잊을 수 없었다. 철산호는 마도십대고수 중 한 명답게 공력이 초절하기 짝이 없었다. 그의 패도적인 장력에 천하가 좁다고 살아왔던 뇌강조차 은근히 두려움을 느껴야 했었다.

한데 지금은 그때보다 공력이 더 강해져 있었다.

당시에는 살이 에일 듯한 패도적인 기운이 느껴졌다면 지금은 평범한 촌부처럼 아무런 기운도 느껴지지 않았기 때문이었다.

'어이구, 저 바보 같은 놈이 죽으려고 환장을 했구나!'

철산호가 앞에 있는 것도 모르고 철패강과 철위강 형제를 욕하기 여념이 없는 꼴이라니.

자기 자식들을 헐뜯는데 좋아할 부모가 세상천지에 어디 있겠는가?

철산호가 무슨 의도로 기무결 일행에게 다가갔는지는 굳이 보지 않아도 뻔했다.

뇌강은 아직 보물지도를 찾지도 못한 상태에서 기무결이 죽게 내버려 둘 수가 없었다. 혹시라도 기무결의 품속에 보물지도와 무공비급이 없으면 십 년 공든 탑이 와르르 무너지기 때문이었다.

그는 당장 뛰쳐나가 말리고 싶었지만, 숨어 있는 처지라 그럴 수 없는 게 답답하기 그지없었다.

하지만 그가 우려했던 일은 벌어지지 않았다.

철산호가 고기만 먹고 말없이 떠나 버렸던 것이다.

'휴우!'

십 년은 감수한 기분이었다.

기무결이 죽지 않아서 천만다행이었다.

하나 그것도 잠시.

자신이 왜 기무결을 걱정해야 하는지 생각할수록 어이가 없었다.

보물지도와 무공비급만 손에 넣으면 자신의 손으로 잔인하고 고통스럽게 죽여도 시원치 않을 놈이었다.

"언니가 여긴 어쩐 일이에요?"

"보면 몰라? 내가 이 조로 산해관 지부에 온 거잖아?"

화은설이 산해관 지부에 오자 제갈사란이 기다리고 있었다.

제갈사란의 얼굴은 짜증이 잔뜩 묻어 있었다.

그녀들이 껄끄러운 사이라는 건 모두가 알고 있는 사실이었다.

얼굴 마주 보고 얘기하는 것도 싫은 마당에 화은설에게 인수인계를 받아야 한다는 생각을 하니 짜증이 치밀어 올랐다.

"언니는 자리 하나는 기가 막히게 찾아오네요."

"뭐라고?"

"언니는 항상 청소할 때만 되면 무슨 일이 그리 생기는지 아무튼 청소하지 않고 그냥 갔잖아요. 그래서 하는 말이에요. 언니가 딱히 할 일은 없을 테니까 그냥 한 달 동안 여기저기 구경이나 하며 놀다 가시라구요."

제갈사란이 불쾌한 듯 눈썹을 꿈틀거렸다.

하나 그것도 잠시.

그녀가 차갑게 코웃음 치며 말했다.

"왜? 너 때문에 산해관 지부가 망하기라도 했니? 뭐, 그건 내 능력으로도 다시 살리기 어렵겠다만."

"쯧쯧, 아직 못 들으신 모양이네요. 이번에 산해관 지부가 다리 공사 입찰을 따냈거든요. 그게 누구 공이겠어요? 바로 나거든요."

호호호!

화은설이 얄밉게 웃어댔다.

"어디 그것뿐인 줄 알아요?"

자랑을 하자면 끝이 없었다.

처음 뛰어든 입찰을 따낸 것을 시작으로 망해가던 산해관 지부를 다시금 일으켰고, 대양선단을 위조 사건에서 구해주고. 모든 것이 전설적인 일밖에 없었다.

부들부들!

제갈사란의 몸이 분노로 떨리고 있었다.

그녀도 들었던 것이다.

하지만 그녀는 도저히 인정할 수 없었다. 자신도 할 수 없는 일을 화은설이 해냈다는 것을 인정하고 싶지 않았다.

화은설이 다리 입찰을 따냈다면 그녀는 만리장성에 버금가는 공사 입찰건을 따내야 정상이다. 그만큼 화은설의 업적을 평가절하했고, 믿지도 않았던 것이다.

하나 이게 웬걸?

산해관 지부에 있는 사람들은 화은설을 무슨 신처럼 생각하고 있었다.

불가능한 일을 해냈다나 뭐래나. 참 나, 별게 다 불가능한 일이라고 코웃음 쳤지만, 마효마저 화은설의 능력에 감탄한 나머지 심복임을 자처하고 있었다.

제갈사란은 도저히 인정할 수 없었지만, 산해관 지부가 되살아난 건 틀림없는 사실이었다. 그리고 화은설이 입찰을 따낸 것 역시 부인할 수 없는 사실이었다.

제갈사란이 수치심과 분노를 꾹꾹 참으며 말했다.

"쓸데없는 소리 하지 말고, 빨리 인수인계나 해."

"인수인계라고 할 것까진 없고, 그저 이번 다리 공사로 발생할 이익을 계산해서 무림맹에 보고하면 충분할 거예요."

"야!"

제갈사란이 더 이상 참지 못하고 폭발했다.

한마디로 화은설의 뒤치다꺼리만 하라는 소리였다.

자존심이 상해도 한참 상하는 말이었지만, 문제는 어쩌면 정말 그래야 할지도 모른다는 것이었다.

화은설은 기분이 상쾌해서 하늘이라도 훨훨 날아갈 것 같았다. 지금까지 제갈사란에게 당했던 무시와 설움을 한 번에 다 되갚아준 기분이었다.

바로 그때였다.

마효가 사색이 된 얼굴로 뛰어오는 것이 아닌가?

"아, 아가씨! 큰… 일 났습니다."

"마 당주, 숨넘어가겠어요. 무슨 일인데 그리 호들갑을 떨고 그래요?"

"지, 지금 이러고 있을 때가… 지부 밖에 푸, 풍운산장이……."

무슨 말인지 제대로 알아듣기 어려웠다.

"알아듣기 쉽게 얘기해 봐요? 풍운산장이 뭐 어쨌다고요?"

화은설이 의아한 표정으로 마효를 쳐다보는 순간이었다.

갑자기 담장 너머 밖에서 분노에 찬 목소리가 들려왔다.

"화은설! 모두가 죽는 꼴을 보고 싶지 않으면 순순히 항복하라. 네년이 감히 풍운산장을 농락하고도 무사할 수 있을 것 같았느냐?"

四

—철패강과 철위강이 풍운산장의 병력을 대거 이끌고 지부로 쳐들어왔음. 긴급 지원 바람.

산해관 지부에서 한통의 전서구가 날아들었다.

분명 화급을 다투는 내용이었다.

하지만 뇌강이 빠진 정천팔룡은 오히려 덩실덩실 춤이라

도 추고 싶은 심정이었다. 풍운산장이 나섰으니 화은설이 날고 기어봤자 살아 돌아오는 건 불가능한 일이었다.

"이렇게 고마울 데가 없군."

"헛헛! 철패강과 철위강이 동시에 뜻을 모으기도 어려운 일이거늘. 이젠 더 이상 우리가 다른 일을 계획할 필요도 없을 것 같소."

"그래도 보는 눈이 있는데 병력을 보내주는 시늉은 해야 하지 않겠소?"

"그야 여부가 있겠소?"

산해관 지부는 상계의 지부였다. 무림의 세력과는 전혀 상관이 없는 곳이지만, 무림맹의 소속이기 때문에 무림맹의 자존심과도 직결된 문제였다.

"일단 철패강과 철위강이 무슨 이유로 산해관 지부를 쳐들어갔는지 알아보는 게 순서 아니겠소?"

"그럴 필요 있겠소? 풍운산장의 손에 화은설이 죽으면 그때 복수를 하겠다고 나서면 누구도 의심하지 않을 것이오."

"하긴, 그런 방법도 있겠군."

정천팔룡은 전쟁도 불사할 기세였다.

요즘엔 정파들이 자신의 이익을 구하기에 급급한 나머지 의견이 중구난방으로 갈라질 때가 많았다. 예전만큼 의견을 모으고 행동을 같이하기 어려운 시기도 없었다. 이럴 때에는 뭔가 극단의 사태가 필요한데, 그것 중 하나가 바로 마도와의 전쟁이었다.

"그나저나 산해관 지부를 이대로 버리는 것도 아쉬운 일이 되었소. 다리 공사가 시작되면 엄청난 흑자가 예상되는데 말이오."

"그것참, 아무리 생각해도 귀신이 곡할 노릇이오. 화은설이 무슨 재주로 처음 뛰어든 입찰에서 성공을 했을까?"

원래 입찰조차 하지 못해야 정상인 상황이었다. 풍운상단에서 인부들과 협력업체를 사재기하듯 싹쓸이한 건 이미 마효에게 보고를 받아서 알고 있기 때문이었다.

"참, 맹주! 이번 이 조에 질녀가 포함되지 않았소?"

"후훗! 그렇지 않아도 며칠 전에 새벽부터 짐을 챙기더니 떠났소이다."

"질녀야 워낙 뛰어난 재녀이니 어느 지부로 가든 잘할 테지."

"헛헛! 과찬의 말씀이시오. 겉으로 보기에는 똑똑해 보이지만, 쓸데없이 자존심만 강해서 일을 그르칠 때가 많소이다."

"맹주는 너무 엄격해서 탈이요."

"혹시 어디로 갔는지는 알고 있소이까?"

"글쎄올시다. 지나가는 소리로 한 번 들은 것이 전부인지라……."

그리고 보니 맹 내의 업무가 바쁘다는 핑계로 제갈사란과 제대로 대화를 한 게 언제인지 기억조차 나지 않았다.

"그럴 줄 알았소이다. 이제 화은설 문제도 해결이 되었으니 질녀에게 좀 더 관심을 가지세요."

"요즘 질녀가 너무 겉도는 것 같아서 하는 말이오."

바로 그때였다.

갑자기 제갈무외의 얼굴이 창백하게 질려갔다.

"아, 안 돼!"

그리고는 자리에서 벌떡 일어섰다.

"왜 그러시오, 맹주?"

"지, 지금 당장 산해관 지부로 병력을 보내시오."

"갑자기 그게 무슨 말이오?"

"아무래도 란이가 간 곳이… 산해관 지부인 것 같단 말이오."

"뭐, 뭐라고?"

사람들이 소스라치게 놀랐다.

하지만 이미 풍운산장이 쳐들어온 상황에서 병력을 보내봐야 너무 늦은 뒤였다.

독 안에 든 쥐가 바로 이런 상황일까?

기무결 일행은 산해관 지부에 갇혀 오도 가도 못하는 신세가 되어버렸다.

산해관 지부는 공포에 떨어야 했다.

풍운산장의 무사들이 산해관 지부를 두 겹 세 겹으로 포위했다.

순식간에 가공할 기세의 천라지망이 펼쳐진 것이었다. 설령 하늘을 나는 새라고 해도 빠져나갈 수 없을 터였다.

철패강은 무자비한 성격의 인간이었다.

그는 마도 서열 십 위 안에 드는 풍운산장의 병력을 대거 이끌고 산해관 지부로 들이닥쳤다. 언뜻 봐도 오백 명이 넘어 보였다. 거기에 철패강을 따르는 가신들은 하나같이 마도에서 명성이 자자한 절정의 고수였다.

그야말로 빈대 한 마리 잡자고 초가삼간을 태우는 것과 다를 바 없었다.

'끙!'

기무결은 침음성을 흘렸다.

담장 너머로 이곳저곳을 살펴보았지만, 빠져나갈 공간은 눈곱만큼도 없었다.

그나마 다행이라면 다행인 것은 철패강이 곧장 산해관 지부 안으로 밀고 들어오지는 않는다는 것이었다.

'철위강까지 온 것을 보니 진주석공의 일을 알아낸 모양이군.'

기무결이 고개를 좌우로 흔들었다.

여러모로 일이 꼬이고 있었다.

오늘은 길보다 흉이 더 많을 터였다.

마효는 강호에서 삼십 년 이상을 살아온 노강호였다.

하지만 그런 그조차 이런 상황은 경험한 적이 없었다.

저 정도 병력이면 무림맹과 전쟁을 치러도 별로 밀릴 것 같지 않은 기세였다.

하물며 산해관 지부는 무림맹 소속이긴 하지만 무림의 방파가 아닌 상계에 속하기 때문에 무림의 고수가 마효를 비롯해서 한두 명밖에 없었다.

"아, 아가씨! 이 일을 어찌하면 좋습니까?"

"괘, 괜찮을 거예요. 풍운산장에서 병력을 일으켰지만, 설마 무림맹과 전쟁을 불사하려 하겠어요?"

화은설은 최대한 침착한 목소리로 말하려고 했지만, 떨려 나오는 것은 어쩔 수 없었다.

하지만 이내 마음을 굳게 먹었다.

화은설은 입술을 깨물었다.

무림맹에서 지원이 올 때까지 어떻게든 버티는 것이 중요했지만, 과연 전쟁이 벌어지면 일각을 버틸 수 있을지 의문이었다.

第九章

후천만겁수절진

一

　산해관 지부와 그리 멀리 떨어지지 않은 곳에 철패강이 말 위에 앉아 있었다. 그 주위로 그의 가신들도 말을 타고 앉아 있었다. 특히 사대호법과 십대장로로 대변되는 열네 명의 고인은 풍운산장 전력의 절반이라는 말이 나올 정도로 하나같이 극강의 고수였다.

　그들은 천하가 좁다 하고 살아온 전대 고수였다. 그들의 명성은 하북성을 넘어 천하를 진동하고 있었다. 어지간한 사람들은 그들의 이름만 들어도 겁을 먹고 도망치기에 급급할 정도였다. 그런 그들이 철패강을 따라 산해관 지부에 따라온 것이다.

"대공자, 병력은 모두 배치 완료했소이다."

"수고하셨습니다, 황 호법!"

철위강은 산해관 지부 뒷문에서 진법을 지휘하고 있었다. 혼천만겹구절진이 펼쳐진 이상 산해관 지부 안으로 들어갈 수도 없거니와 밖으로 빠져나올 수도 없을 터였다.

"한데 대공자! 꼭 이래야 하는 것이오? 풍운산장이 개파한 이래 혼천만겹구절진이 펼쳐진 적은 단 한 번도 없었소. 겨우 계집 하나 잡자고 이러는 건 풍운산장의 격에 맞지 않는 일이란 말이오."

황규는 못마땅한 기색이 역력했다.

화은설 한 명 때문에 혼천만겹구절진을 사용한 것도 그렇지만, 자신 같은 고수가 여기에 동조한다는 것도 명성에 어울리지 않는 행동이었다. 차라리 그가 산해관 지부로 들어가 화은설을 잡아서 데려오는 게 훨씬 빠를 것 같았다.

그건 다른 가신들 역시 마찬가지였다.

그들은 이번 일로 무림맹과 전쟁이 벌어진다 해도 별로 두렵지 않았다.

하지만 그들이 어린 계집 하나를 핍박하기 위해 손을 합쳤다는 소문이 나면 얼굴을 들고 다닐 수 없을 터였다.

"제길, 대공자! 언제까지 이런 우스꽝스러운 놀음을 해야 하는 것이오?"

"그냥 우리 중 한 명만 보내주시구려."

사대호법과 십대장로들이 서로 아우성이었다.

그들은 화은설이나 산해관 지부의 사람들 따위는 안중에도 없었다.

철패강이 고개를 가로저었다.

"그럴 생각이었다면 본공자가 직접 나섰을 것입니다."

무공이라면 누구에게도 뒤지지 않는 철패강이었다.

하나 그는 뒤늦게 무림맹주의 딸인 제갈사란이 지부 안에 있다는 정보를 입수했던 것이다.

그는 무림맹과 전쟁도 불사할 생각이었지만, 그렇다고 제갈사란이 다치는 것은 원하지 않았다. 만에 하나 제갈사란이 다치거나 죽으면 사태는 걷잡을 수 없을 만큼 악화될 터. 철패강의 목적은 화은설만 찢어 죽이는 것이었다.

"화은설! 네년의 목숨은 오늘을 넘지 못할 것이다."

二

사람들의 눈에 절망의 빛이 떠올랐다.

풍운산장의 혼천만겁구절진이 얼마나 무서운 진법인지는 천하가 알고 있는 일이었다. 이백 명이 펼쳐도 소림사의 백팔나한진에 버금간다고 알려졌는데, 지금은 오백 명이 투입된 상황. 거기에 사대호법과 십대장로까지 가세를 했으니 도저히 가망이 없었다.

'이젠 끝났어.'

마효는 울기 직전이었다.

겨우 망해가던 지부가 살아났거늘 채 꽃이 피기도 전에 죽을 판이었다.

제갈사란은 마른하늘에 날벼락을 맞은 기분이었다.

상대의 전력이 엇비슷하면 맞서 싸울 생각이라도 나겠건만, 이건 아예 엄두도 나지 않았다.

화은설은 담담했다.

두렵지 않은 건 아니었다.

하지만 적들이 원하는 건 그녀였다. 자신만 항복하면 산해관 지부 사람들을 살릴 수 있다.

그녀는 뜻을 굳혔다.

"걱정하지 마. 철패강이 원하는 건 나 한 사람뿐이니까 누구도 다치는 일이 없도록 하겠어."

"아, 아가씨!"

영영이 울음을 터뜨렸다.

그녀는 지금 화은설이 어떤 마음을 먹고 있는지 느낌으로 알고 있었다. 화은설은 마음이 여리지만, 책임감이 강한 성격이었다. 자신 때문에 누군가 다치는 것을 용납할 성격이 아닌 것이다.

하물며 산해관 지부에는 많은 사람이 있었다.

아무 죄도 없는 사람들이 죽어가는 것을 결코 지켜볼 리 없었다.

마효를 비롯해서 산해관 지부의 사람들은 아무 말도 할 수 없었다.

제아무리 강철같은 심장을 가진 사람이라도 이 상황이라면 기가 죽을 수밖에 없었다.

그들은 두려움에 떨고 있었다. 풍운산장이 오백 명의 병력을 투입해 혼천만겹구절진을 펼친 건 거의 전례를 찾아보기 힘든 일이었다. 그들은 감히 맞서 싸울 만한 생각조차 나지 않았다. 스스로 비겁하다는 것은 알고 있었지만, 고개를 돌려 화은설과 시선을 외면했다.

"화은설? 너 도대체 무슨 사고를 친 거야?"

제갈사란이 강하게 따져 물었다.

"아가씨 잘못이 아니에요."

영영이 참다못해 소리쳤다.

"아니, 이 요망한 게 어디서 말대꾸야? 감히 종년 주제에 낄 때 안 낄 때 구분도 못하고 나선단 말이냐?"

"흥! 아가씨가 잘못한 게 아니니까 그러죠. 그러는 란 아가씨는 이런 상황에서 힘을 합쳐 빠져나갈 방법을 모색하진 못할망정 잘잘못이나 따지는 게 잘하는 건가요?"

"네, 네가 감히 나를 훈계해?"

제갈사란이 금방이라도 잡아먹을 듯한 표정으로 영영을 노려보았다.

그때 기무결이 팔을 저어 그녀들을 막아섰다.

"모두 조용히 좀 하십시오. 아직 포기하기엔 이릅니다."

"아, 아니, 이젠 마부까지?"

제갈사란은 거품을 물기 일보직전이었다.

화은설이 밉다 보니 영영은 물론이고 기무결까지 마음에 들지 않았다.

"기 마부, 그게 정말이에요?"

영영이 눈빛을 반짝이며 물었다.

그건 화은설 역시 마찬가지였다.

"기무결, 빨리 말해봐! 정말 빠져나갈 방법이 있는 거야?"

제갈사란은 어이가 없었다.

"화은설, 지금 미쳤어? 무슨 마부 따위의 말을 믿고 그래?"

아무리 사람이 다급해지면 지푸라기라도 잡는다지만 그래도 이건 너무 심했다.

다들 머리가 어떻게 된 게 틀림없었다.

지금은 무공이 뛰어난 절정의 고수 몇 명이 와서 돕는다 해도 혼천만겹구절진에서 벗어날 수 있는 상황이 아니었다.

하물며 미천한 마부 따위는 아무 짝에도 도움이 되질 않는다.

"언니는 아무것도 모르면 잠자코 좀 있어요."

화은설이 가볍게 핀잔을 주며 기무결을 향해 물었다.

"무슨 대책이 있는 거야?"

"으음. 저 정도 병력이면 차라리 산해관 지부로 밀고 들어오는 게 더 효과적일 겁니다. 한데 번거롭게 절진을 펼쳤다는 건 오직 하나."

그리고는 제갈사란을 쳐다보았다.

"바로 제갈 소저 때문이죠."

"나?"

제갈사란이 당황한 표정으로 손가락으로 자신을 가리켰다.

기무결이 고개를 끄덕이며 말을 계속 이어 나갔다.

"아마 철패강은 처음엔 우릴 향한 분노 때문에 무림맹과 전쟁도 불사할 생각으로 쳐들어왔을 겁니다. 하지만 막상 이곳에 제갈 소저가 있는 걸 알고는 생각을 고쳐먹었겠죠."

"아!"

여기저기서 탄성이 터져 나왔다.

사람들은 전혀 생각하지 못했던 일이었지만, 충분히 일리 있는 말이었다. 혼천만겹구절진을 펼치고도 화은설의 항복을 요구한 건 그렇게밖에 설명할 길이 없었다.

"그렇다는 건 당분간 지부 안으로 쳐들어오진 않을 거라는 소린데……."

기무결이 문득 마효를 향해 물었다.

"지부에 말이 몇 마리나 있습니까?"

"열 마리 정도 있는데, 그건 왜 묻나?"

"지금 쓸 데가 있으니 열 마리 모두 가져오십시오."

"그, 그건?"

마효가 난처한 표정으로 화은설을 돌아보았다.

화은설이 고개를 끄덕였다.

"일단 이유는 묻지 말고 무조건 기무결이 하라는 대로 하세요."

"아가씨께서 그리 말씀하신다면… 당장 가져오겠습니다."

마효가 지부의 사람들을 데리고 마구간으로 향했다.

제갈사란은 한쪽에서 연신 코웃음을 치며 지켜보고 있었지만, 속으로는 약간 놀라고 있었다.

'마부치고는 꽤 생각이 예리한 편이네.'

그녀도 생각하지 못한 일이었다.

사실 그녀는 갑작스런 상황에 당황한 나머지 상황 판단이 평소보다 흐려진 상태였다.

그렇다고 기무결이 건방지게 마효에게 말을 끌고 오라는 명령을 내릴 신분이 아니었다.

더구나 말 열 마리로 무얼 할 수 있다고.

거기에 장단을 맞춰주는 화은설도 황당하기 마찬가지였다.

"흥! 저럴 시간이 있으면 가장 약해 보이는 곳을 공략해서 탈출하는 게 더 빠르겠다."

히이잉!

기무결이 말에 올라탔다.

"내가 출발을 하면 재빨리 문을 열어주십시오."

"그건 알겠는데, 어떻게 하려는 거야?"

기무결은 앞쪽으로 다섯 마리 그리고 그 뒤로 다섯 마리를 나란히 세운 다음 자신은 뒤쪽 가운데 있는 말에 올라탄 것이다.

얼핏 보면 정면 돌파를 해서 빠져나가려는 것 같기도 했다.

사실 사방이 막힌 진법에서는 정면 돌파 외에는 딱히 다른 방법이 없어 보였다.

하지만 지금은 꼭 그런 것도 아니었다. 말에 올라탄 사람은 기무결밖에 없었던 것이다.

"혹시 주위를 혼란스럽게 만들어 우리가 빠져나갈 시간을 벌려는 거야?"

그렇다면 진법의 위력을 너무 무시하는 것이다.

진법을 펼치는 데 동원된 사람이 오백 명이 넘었다. 그만큼 진법이 견고하다는 소리였다.

한쪽을 완전히 허물어 버리기 전에는 절대 빠져나갈 수 없었다. 하물며 풍운산장의 가신들은 하나같이 극강의 고수였다. 그들이 버티고 있는 한 진법의 위력은 평소보다 몇 배로 더 강해져 있을 터였다.

"그건 아닙니다."

기무결이 고개를 좌우로 흔들었다.

"그게 아니라고?"

화은설은 더 미궁에 빠진 기분이었다.

"진법을 무너뜨리려는 것은 맞지만… 아무튼, 내가 나가면 누구도 이곳에서 움직여선 안 됩니다."

기무결은 신신당부했다.

그에게 주어진 기회는 단 한 번밖에 없었다.

목숨을 걸고 모험을 하고 있지만, 이번 계획은 성공보다 실패할 공산이 컸다. 그래서 더 정신 집중이 필요했다.

"차앗!"

기무결이 채찍을 들고 앞쪽과 뒤쪽에 서 있는 말들을 때리자 놀란 말들이 앞발을 치켜든 다음 빠르게 내달리기 시작했다.

바로 그때였다.

기무결이 몸을 홱 뒤집어 말의 배 밑에 찰싹 달라붙어 몸을 숨겼다. 멀리서 보면 말들의 모습만 보일 뿐, 사람의 모습은 보이지 않았다. 기무결은 그런 식으로 몸을 숨기고 철패강이 있는 곳으로 말을 몰아갔다.

열 마리의 말이 내달리자 그 주위로 흙먼지가 일었다.

그렇게 기무결은 천군만마가 기다리는 적진 속으로 뛰어

들었다.

"응?"

철패강은 처음엔 화은설이 말을 타고 도망치려는 줄 알았다.

하나 말 위에 아무도 없는 것을 보고 코웃음 쳤다.

수가 훤하게 보인다. 말들이 날뛰게 만들어놓고 자신들의 시선을 빼앗은 다음 도망치려는 생각이리라.

"흐흐, 상대를 잘못 골랐다. 본공자가 겨우 이딴 속임수에 속을 것 같으냐?"

그는 말들의 움직임에 현혹되지 않았다. 수하들에게 말들을 제압하게 하고 자신은 가신들과 함께 산해관 지부의 동정을 살폈다.

화은설은 담장 너머로 지켜보고 있었다.

기무결의 계획은 실패한 것 같았다. 철패강의 진영은 일사불란하게 움직였고, 조금도 동요한 기색이 없었다.

"이러다간 얼마 가지 못하고 말들이 진압되고 말겠어."

지금이라도 지부에서 도망쳐야 할지 어떡해야 할지 판단이 서지 않았다.

한편 기무결은 기민하게 움직여 이쪽 말에서 저쪽 말의 배 밑으로 몸을 날렸다. 그리고 또다시 옆쪽의 말의 배 밑으로 이동했다. 그렇게 그는 조금씩 앞으로 전진했고, 이제 철패강과의 거리가 오 장(15m) 정도로 줄어들었다.

"조금만 더 가면 암습이 성공할 수 있는 최적의 거리가 된다."

그때까지 누구도 기무결의 움직임을 눈치채지 못하고 있었다.

그 잠깐 사이에 거리가 조금 더 좁혀졌지만, 아쉽게도 더 이상 앞으로 나아갈 수 없었다. 풍운산장의 수하들이 창과 칼을 들고 말들을 찔러왔기 때문이었다.

기무결이 타고 있던 말도 예외는 아니었다.

하나 기무결은 말이 쓰러져 깔리기 직전 바닥을 굴러 빠져나왔다. 그리고는 질풍 같은 속도로 풍운산장의 수하들 안으로 뛰어들었다.

"억?"

"저, 적이다."

"적이 말 아래 숨어 있었다."

여기저기서 사람들이 소리를 질러댔지만, 그때는 이미 늦은 뒤였다.

기무결의 손에는 한 자루의 날카로운 검이 들려져 있었다. 그는 바닥을 주르륵 미끄러져 가며 풍운산장 수하들의 하체를 연신 공격했다.

"크악!"

"으아악!"

피가 튀고 비명이 난무했다.

순식간에 십여 명이 쓰러지고 일사불란하던 대오가 무너져 내렸다.

기무결의 무공은 일전에 동영의 인자들과 싸울 때와는 비교할 수 없을 정도로 달라졌다.

그건 바로 화은설에게 박투술을 배우고 한 달 넘게 매일같이 대련을 했기 때문이었다.

지금만 해도 그랬다.

그의 손에서 펼쳐지고 있는 모든 것이 화씨세가의 박투술이었다.

원래 화씨세가의 무공은 실전에 강했고, 근접거리에서 강력한 위력을 발하는 것들이었다.

"지금이 기회다."

기무결이 철패강이 있는 곳으로 몸을 날렸다.

하지만 그는 얼마 가지 못해 다시 막히고 말았다.

앞쪽에 삼십여 명의 수하가 칼과 창, 그리고 방패를 들고 기무결을 막아섰기 때문이었다. 그렇다고 뒤로 물러설 수도 없었다. 뒤쪽에는 그보다 더 많은 오십 명이 넘는 수하가 기무결을 향해 달려들고 있었다.

기무결은 더 이상 빈틈을 찾을 수 없었다.

그는 앞으로 나갈 수도 그렇다고 뒤로 물러날 수도 없는 막다른 골목에 다다른 셈이었다.

"조금만 망설여도 당한다."

확실히 혼천만겹구절진은 무서웠다.

한번 갇히면 그땐 완전히 끝장이었다.

그때 문득 그의 눈에 바닥에 쓰러진 시신 한 구가 들어왔다.

기무결은 재빨리 바닥을 굴러 시신을 일으켜 방패로 삼고 앞으로 전진했다. 눈 깜짝할 사이에 칼과 창이 시신을 찔러왔다.

"차앗!"

기무결이 시신을 적들을 향해 냅다 집어 던졌다. 적들이 잠시 놀라 뒤로 물러나는 사이 번개 같은 동작으로 붕 뛰어올랐다. 그와 동시에 성큼 움직여 누군가의 어깨를 밟고 철패강이 있는 곳으로 몸을 짓쳐 나갔다.

쇄애액!

그의 몸은 시위를 떠난 화살처럼 빠른 속도로 철패강을 향해 쏟아져 나갔다.

거리는 겨우 삼 장(9m) 남짓.

기회는 단 한 번뿐이었다.

四

화은설은 담장 너머로 기무결을 지켜보고 있다가 뜨악하

고 말았다.

"아니, 저 바보가 지금 뭘 하려는 거야?"

아무리 봐도 철패강을 죽이려고 하는 것 같았다.

기무결이 천군만마의 성벽을 뚫고 철패강을 향해 달려들고 있었다. 두 눈으로 보고도 믿기지 않는 일이었다. 혼천만겁구절진이 단단히 펼쳐진 상황에서 삼 장 가까이 접근한 건 기적과도 같은 일이었다.

하나 지금 상황에서 철패강을 죽인다고 일이 해결되는 것이 아니다. 아니, 죽이는 것 자체가 어려운 일이었다. 철패강 주변에는 사대호법과 십대장로가 눈을 부릅뜨고 지켜보고 있었고, 철패강도 상당한 고수로 알려져 있기 때문이었다.

설령 운이 좋아 그들을 뚫고 암습이 성공한다 해도 이곳을 빠져나가는 것과는 아무 상관도 없었다. 오히려 크게 분노한 풍운산장이 잔인한 수법으로 복수해 올 것이 뻔했다.

제갈사란은 아무 관심이 없는 척했지만, 결국 호기심을 참지 못하고 화은설 옆에서 기무결을 지켜보았다.

처음엔 화은설을 잔뜩 비웃어줄 요량이었다.

마부 따위가 할 수 있다면 뭘 얼마나 할 수 있다고. 열 마리 말을 끌고 나가봐야 바로 개죽음 당할 게 뻔했다.

하지만 이게 웬걸?

그녀는 기무결이 날렵한 동작으로 이쪽에서 저쪽 말 아래로 움직일 때부터 뭔가 잘못됐다는 것을 깨달았다. 그리고는 사방에서 밀려들어 오는 적들을 제거하고 무서운 기세로 철패강을 향해 덮쳐 갈 때는 벌린 입을 다물 수 없었다.

"무, 무슨 마부가 저래?"

이건 어지간한 고수보다 더 빠르고 날렵했다.

그녀는 누구라도 순식간에 혼천만겁구절진을 뚫고 진격했다는 말은 들어본 적이 없었다. 하물며 일개 마부가 그랬다면 누구도 믿으려 하지 않을 것이었다.

하나 기무결의 지금 행동은 어리석기 짝이 없었다.

철패강 주변에 사대호법과 십대장로가 버티고 있는 이상 철패강의 암살은 실패할 게 뻔했다.

쐐애액!

바람을 가르며 섬광이 일었다.

기무결은 몇 번의 도약으로 눈 깜짝할 사이에 철패강의 바로 앞까지 다가와 있었다. 기무결이 철패강의 목을 노리고 검을 찔러갔다. 불필요한 움직임을 없애고 궤적을 최소화해서 공격을 극대화했다.

"미친놈!"

철패강의 입술이 묘하게 비틀리며 기무결을 비웃었다.

어이가 없어서 웃음이 나올 지경이었다.

백주대낮에 자신을 암살할 생각을 할 줄이야.

솔직히 열 마리 말로 자신의 신경을 분산시킨 건 탁월한 생각이었다.

이건 그조차 인정하지 않을 수 없었다. 철패강은 완벽하게 속아서 산해관 지부에만 정신을 집중하고 있었기 때문이었다.

하지만 거기까지였다.

기무결은 공격을 극대화하기 위해 움직임을 줄이고 궤적을 최소화했는지는 모르지만, 그로 인해 온몸이 허점투성이었다. 그중에는 가볍게 스치기만 해도 죽는 사혈도 몇 군데 있었다.

무서운 안목이었다. 철패강은 그 짧은 순간에 기무결의 허점을 모두 파악한 것이다.

"흐흐, 애송이놈! 뒈져라!"

휘익!

철패강은 검을 휘둘러 기무결의 사혈 중 두어 군데를 공격했다. 이대로 가면 기무결이 철패강의 검 앞에 온몸을 내던진 꼴이 되어버린다.

한편 사대호법과 십대장로들도 비웃기는 마찬가지였다.

"흐음. 검세나 움직임이 왠지 살수 같은데?"

"하지만 초식들은 화씨세가의 무공인 것 같소."

"흐흐, 정체를 알 수 없는 놈이군. 살수가 화씨세가의 무공을 배웠다는 것인가?"

그들의 안목은 실로 대단해서 그 짧은 시간에 기무결의 내력을 파악했다.

어찌 보면 가상한 일이었다. 풍운산장에서 자랑하는 혼천만겁구절진을 이토록 빠르게 뚫고 들어온 사람은 기무결이 처음이었다.

하나 생각보다 초식에 힘이 부족했고 위력도 약했다.

그건 아직 무공을 수련한 지 얼마 되지 않았다는 뜻이었다.

"후후! 대공자께서 바로 놈의 허점을 간파하셨군."

"공격을 취한 사혈도 가장 효과적인 위치들뿐이오."

사대호법과 십대장로들이 만족한 표정으로 사태를 관망했다.

그들이 공격을 했어도 철패강과 똑같은 방식을 취했을 것이었다. 그건 결과는 이미 정해진 것이나 마찬가지라는 뜻이었다.

바로 그때였다.

기무결의 모습이 갑자기 그들의 시야에서 사라지는 것이 아닌가?

"억?"

"이, 이런 말도 안 되는……."

사대호법과 십대장로들도 소스라치게 놀랐다.

단순히 착시 현상이나 눈속임이 아니었다. 그랬다면 그들의 이목을 완벽하게 속일 수 없기 때문이었다.

하지만 가장 놀란 사람은 바로 철패강이었다.

그의 검은 속절없이 허공을 갈랐고, 기무결은 하늘로 솟았는지 신기루처럼 사라져 버린 것이다.

자신만만하던 철패강의 얼굴이 딱딱하게 굳어지고 눈동자는 세차게 흔들렸다. 이렇게 당황한 적은 태어나서 처음이었다.

기무결은 천무은형잠종대법의 풍형으로 몸을 숨긴 다음 천근추의 수법으로 하체를 무겁게 만들어 바닥으로 떨어져 내렸다.

휘익!

기무결이 바닥을 굴러 최대한 소리를 죽였다.

모든 걸 처음부터 치밀하게 계산하고 움직였던 것이다.

기회는 단 한 번뿐이었다. 사대호법과 십대장로들의 공력이 높아서 풍형이 한 번 실패하면 두 번 다시 통하지 않을 게 뻔했다. 다행히 사대호법과 십대장로들은 팔짱을 끼고 관망하고 있었고, 누구도 나서려 하지 않았다.

'성공이다.'

그때였다.

사대호법과 십대장로들이 다급한 목소리로 소리쳤다.

"대공자, 바닥이오."

"놈의 기척이 바닥에서 느껴지오."

여전히 기무결의 모습은 보이지 않았지만, 희미하게 기척을 감지했던 것이다.

기무결은 깜짝 놀랐다.

이렇게 쉽게 자신의 흔적을 감지할 줄이야.

실로 대단한 이목이었다.

철패강도 그제야 기무결의 흔적을 감지하고 기무결을 찔러가려 했지만, 이내 움찔 놀라고 말았다.

기무결이 한발 먼저 그의 목에 검을 겨누었던 것이다.

"모두 움직이지 마시오."

五

모든 건 순식간에 벌어진 일이었다.

사대호법과 십대장로들은 엉거주춤한 자세로 기무결을 노려보았다.

"누구든 손가락 하나라도 까딱하는 날엔 철 대공자의 목이 날아가게 될 것이오."

단순한 협박이 아니었다.

기무결이 검에 힘을 주어 철패강의 목을 찔러갔다.

주르륵!

철패강의 목에서 핏물이 흘러내렸다.

만약 누구라도 허튼짓을 하면 가차없이 철패강의 목을 찌르겠다는 무언의 압력이었다.

"으으."

철패강은 꼼짝도 할 수 없었다.

목이 아픈 것 따위는 아무것도 아니었다.

이런 치욕과 모욕이라니. 그는 미치기 일보 직전이었다.

"네놈이 이러고도 무사할 것 같으냐?"

"쯧쯧, 인질 주제에 아직 분위기 파악을 못하는군. 네놈은 이용 가치가 없었으면 벌써 죽었다."

기무결이 검끝으로 철패강의 마혈을 찍었다.

"윽!"

철패강의 몸이 축 늘어졌다. 온몸이 마비되어 손가락 하나 까딱할 수 없었다.

순간 그는 중심을 잃고 말에서 떨어졌다.

쿵!

하필이면 얼굴이 먼저 바닥에 떨어지며 입술이 찢어지고 코피가 흘러내렸다.

끔찍한 고통이 밀려왔지만 지금은 아픈 게 문제가 아니었다.

굴욕도 이런 굴욕이 없었다.

당당한 풍운무벌의 벌주인 철패강이 얼굴을 바닥에 처박고 험한 꼴을 보이고 있었다.

여기저기서 수많은 수하가 분노한 표정으로 기무결을 노려보았지만, 기무결은 오히려 철패강의 뒤통수를 발로 짓밟았다. 여전히 철패강의 목에 검을 겨누고 있는 상태였다.

대단한 기개였다.

기무결은 적들에게 둘러싸여 있는데도 위축된 모습이라고는 전혀 찾아볼 수 없었다.

'기가 막히는군.'

사대호법과 십대장로들에게는 보고도 믿기 어려운 광경이었다.

혼천만접구절진이 단 한 명에게 파훼된 것도 부족해서 철패강이 인질이 되는 초유의 사태가 벌어진 것이다.

'우리가 오판을 했군.'

'이놈은 우리를 속이려고 일부러 온몸에 허점을 드러낸 것이다.'

'그나저나 방금 사라졌다 나타난 것은 무슨 수법이지?'

그것만 아니었다면 이렇게 속수무책으로 당하지 않았을 것이었다.

그들이 차갑게 가라앉은 눈빛으로 기무결을 노려보았다.

"원하는 게 무엇이냐?"

"후후, 그야 뻔한 거 아니오? 당장 절진을 풀고 물러나시오."

"좋다. 절진을 풀 테니 화은설을 데리고 사라져라."

"쯧쯧, 누굴 바보로 아시오?"

기무결이 발끝으로 철패강을 툭 쳐서 들어 올린 다음 어깨에 멨다. 기무결은 푸줏간의 고깃덩어리 대하듯 철패강을 다

루고 있었다.

"철 대공자를 인질로 데려갈 것이오. 하북성을 벗어나기 직전에 풀어줄 것이니 허튼짓은 하지 않는 게 좋을 것이오."

화은설은 자신이 잘못 생각했다는 것을 깨달았다. 기무결은 철패강을 죽이려던 것이 아니라 인질로 삼고 혼천만겁구절진을 풀어버릴 생각이었던 것이다. 기세가 하도 무서워서 철패강을 죽이려는 줄 알았는데, 아마 철패강 역시 그렇게 느꼈을 것이었다. 오히려 그래서 더 철패강을 쉽게 제압했는지도 몰랐다.

"흠흠! 우리 기 마부 어때요?"

화은설은 제갈사란을 돌아보며 자랑스러운 표정으로 물었다.

"저 사람은 마부가 아니잖아?"

제갈사란이 따지고 들었다.

마부의 실력이 저 정도면 그녀나 화은설은 하늘을 날아다녀야 마땅했다.

그녀는 기무결 앞에서 대놓고 마부 따위가 어쩌느니 하면서 무시하지 않았던가?

지금 생각해도 민망하기 짝이 없는 일이었다.

"언니가 그렇게 생각하는 것도 무리는 아니죠. 기무결처럼 얼굴도 잘생기고 무공도 강한 마부가 천하에 또 있겠어요?"

화은설은 너무 기뻐서 기무결을 칭찬했을 뿐이지만, 그게 또 제갈사란의 심기를 건드렸다.

이젠 하다못해 화은설이 마부를 자랑하는 소릴 듣고 있어야 했다.

제갈사란은 화은설이 얄미워서 견딜 수가 없었다.

'흥, 그까짓 마부쯤이야. 기무결이라고? 아무튼, 저자보다 더 멋지고 무공도 강한 마부로 새로 구하면 그만이야!'

한편 산해관 지부는 한바탕 난리가 벌어졌다. 환호성을 터뜨리는 사람이 있는가 하면 철패강이 굴욕당하는 모습에 참지 못하고 웃음을 터뜨리는 사람도 있었다. 방금 전까지의 초상집 분위기는 더 이상 찾아볼 수 없었다.

그렇다고 아직 안심할 상황은 아니었다.

하북성을 빠져나가려면 며칠을 쉬지 않고 달려야 하는데, 그전에 풍운산장이 어떤 식으로든 공격해 올 것이 뻔했다. 특히 길목에 미리 사람을 매복시켜 놓았다가 공격하는 것을 가장 경계해야 했다.

"지금부터 최대한 빠르게 도망쳐야 합니다."

기무결은 산해관 지부로 돌아오기 무섭게 마차를 준비했다.

하북성을 빠져나가는 길목은 여러 가지가 있었는데, 수로와 육로 어느 것을 택하든 위험하긴 마찬가지였다. 지금으로써는 무조건 빨리 하북성을 벗어나는 것밖에 달리 방법이 없었다.

"어떻게 하려고? 차라리 무림맹에서 지원군이 올 때까지 기다리는 것이 좋지 않을까?"

화은설의 말에 제갈사란도 나직이 고개를 끄덕였다.

하나 기무결은 고개를 좌우로 흔들었다.

"무림맹에서 언제 지원군이 올 줄 알고요."

빠르면 하루 이틀 안이고, 늦으면 사오 일 걸릴 수도 있었다.

그건 생각보다 위험한 방법이었다. 풍운산장도 똑같은 생각을 하고 있을 터. 아마 그전에 결판을 내려고 수단 방법 가리지 않고 덤벼올 게 뻔했기 때문이었다.

"나에게 좋은 계책이 있습니다."

"진짜?"

기무결이 어딘가를 향해 소리쳤다.

"노선배님, 이제 그만 내려오시지요?"

화은설과 제갈사란은 고개를 갸웃거렸다. 허공에는 아무도 없었고, 저 멀리 나무가 몇 그루 있는 게 전부였다.

하지만 뇌강은 소스라치게 놀랐다.

기무결이 쳐다본 곳이 바로 그가 숨어 있는 곳이기 때문이었다.

"설마… 노부에게 하는 말은 아니겠지."

왠지 찜찜한 마음을 금할 수 없었다.

지금까지 살펴본 기무결은 교활하면서도 무서우리만큼 영민한 놈이었다.

그래도 기무결이 자신이 흔적을 눈치챘을 리 만무였고, 자신이 숨어 있는 곳을 정확히 알아내는 것은 더더욱 말도 안 되는 일이었다.

그때였다.

기무결이 이번에는 뇌강의 이름을 정확하게 거론하며 말하는 것이 아닌가?

"뇌 노선배님, 저희를 도우러 오셨으면서 언제까지 나무 위에 숨어 있을 겁니까?"

헉?

뇌강은 소스라치게 놀랐다.

기무결이 어떻게 자신이 숨어 있는 곳까지 정확하게 알고 있었는지 귀신이 곡할 노릇이었다.

이렇게 되면 더 이상 몸을 숨기고 있을 수 없었다. 그나마 다행이라면 기무결이 적당히 둘러댔다는 것이었다.

"험험!"

뇌강이 몸을 날려 그들이 있는 곳으로 떨어져 내렸다.

"뇌 장로!"

"연락받고 오신 건가요?"

화은설과 제갈사란 입장에서는 천군만마라도 나타난 기분이었다.

그녀들은 왜 뇌강 혼자만 지원을 왔는지 의아해하면서도 설마 오래전부터 와 있었으리라는 생각은 꿈에도 할 수 없었다.

"하핫! 그, 그렇지요 뭐."

뇌강은 어색하게 웃었지만, 속으로는 불길한 기운을 떨칠 수가 없었다. 기무결이 하필 지금 자신을 불러낸 저의가 의심스러웠다.

그때 기무결이 그를 향해 하얀 이를 드러내며 웃었다.

뇌강은 왠지 모를 소름이 돋았다. 보물을 찾으려고 왔다가 자신도 모르게 점점 수렁 속으로 빠져드는 기분이었다.

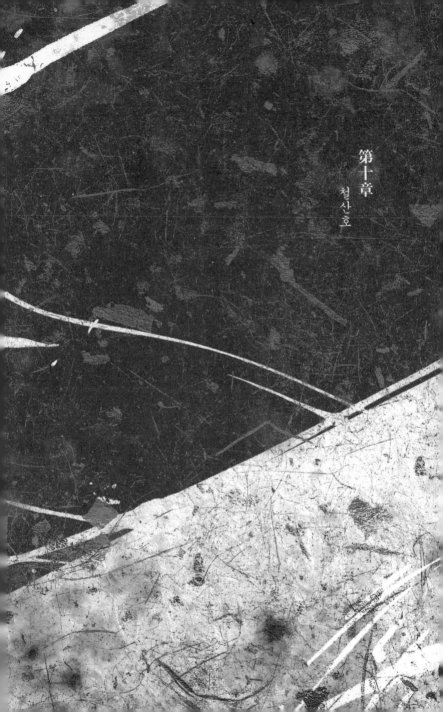

第十章
철산호

一

"네놈이 어떻게 노부가 숨어 있는 것을 알았느냐?"

뇌강이 귓속말로 기무결에게 으르렁거렸다.

하나 주변에 사람들의 시선을 의식해 표정은 웃고 있었다.

"글쎄요. 질문이 약간 잘못됐군요. 차라리 언제부터 알았
냐고 물어보는 게 빠르겠네요."

"서, 설마?"

"후후! 노선배, 지난 한 달 동안 소생을 따라다니느라 고생
이 많았습니다. 특히 비 오던 날엔 마음이 짠하더군요."

기무결은 처음부터 뇌강이 자신을 쫓아온 것을 알면서도
일부러 모른 척했다.

어차피 화은설과 계속 붙어 다니면 쉽게 모습을 드러내지 못한다는 것을 알고 있기 때문에 별로 걱정할 일이 아니었던 것이다.

"으으, 노부는 전혀 실수한 적이 없었다. 화은설도 눈치채지 못했는데, 네놈이 어떻게 알 수가 있단 말이냐?"

"클클! 그걸 쉽게 말해줄 수 있나요?"

기무결은 무림맹에서 뇌강과 한 번 만나 손속을 나눈 적이 있었는데, 그때 그의 몸에 만리향을 묻혀두었던 것이다.

만리향은 누군가를 추적할 때 사용하는 것으로 일단 몸에 묻히기만 하면 몇 달 동안 냄새가 사라지지 않는다. 또한 만리 밖에서도 향기가 느껴질 정도로 그 위력이 대단했다.

하지만 오직 시전한 사람만 향기를 맡을 수 있기 때문에 공력이 강한 사람이라도 쉽게 감지하지 못한다. 물론 향기가 만리까지 전해진다는 말은 과장된 것이겠지만, 만리향을 사용하고 추적에 실패했다는 말은 들어본 적이 없었다.

"이놈. 설마 내 몸에 이상한 약품을 묻혀두었느냐?"

"글쎄요."

기무결이 딴청을 피웠지만 뇌강은 확신했다.

'이놈이 언제 추적용 약품을 뿌렸지?'

그것도 모르고 지난 한 달 넘게 미친놈처럼 비를 맞아가며 기무결을 감시했었다니.

뇌강은 쪽팔린 나머지 얼굴이 벌게졌다.

기무결의 손아귀에서 철저히 놀아난 꼴이었다.

"으으, 노부를 잘도 가지고 놀았구나! 노부가 네놈을 죽여도 그냥 죽일 것 같으냐?"

뇌강은 치가 떨리다 못해 울화통이 치밀어 오르는 것을 가까스로 참았다.

"그거야 나중 일이고, 일단은 노선배께서 소생 대신 해줄 일이 있습니다."

"미친놈! 네놈을 당장 찢어 죽이지 못하는 게 한스러울 정도거늘 네놈의 부탁을 들어줘?"

머리에 칼을 맞지 않은 이상 부탁을 들어줄 리 없었다.

"클클! 들어줘야 할 걸요?"

"네놈이 이젠 빨리 죽여달라고 용을 쓰는구나!"

주변에 보는 눈만 없었다면 진작에 손을 쓰고도 남았을 것이었다.

"그럼, 노선배께서 연락을 받고 온 것이 아니라 한 달 전부터 우릴 졸졸 따라다녔다는 말을 할까요?"

"그, 그건……."

뇌강의 안색이 확 변했다.

여우를 찜 쪄 먹고도 남을 놈. 기무결은 아예 대놓고 협박을 하고 있었다.

굳이 보물지도니 천무은형잠종대법의 비급이니 말을 꺼낼 필요도 없었다.

그는 지금 상황을 수수방관한 꼴이었다. 최소한 제갈사란을 구하려는 동작은 취했어야 했다. 화은설이야 어차피 죽이려던 것이니 상관이 없지만, 제갈사란은 다르지 않던가? 만에 하나 그 사실이 제갈무외의 귀에 들어가면 결코 좋게 끝나긴 어려울 터였다.

뇌강은 속에서 온갖 욕설이 터져 나왔지만 달리 선택의 여지가 없었다.

"노부가 할 일이 무엇이냐? 그렇다고 네놈의 협박 따위가 무서워서는 아니다."

"후훗! 그야 여부가 있겠습니까?"

기무결이 얄밉게 웃으며 마차를 쳐다보았다.

"지금부터 소생 대신 마차를 몰고 전속력으로 도망쳐 주십시오. 아마 옆자리에 철패강을 태우고 가면 풍운산장도 섣부른 행동은 하지 못할 겁니다."

"교활한 놈. 시선을 노부에게 쏠리게 한 다음 네놈은 유유히 도망치시겠다?"

"반나절 정도만 적들의 이목을 끌어주면 충분합니다. 설마 반나절도 못 버티면 노선배님의 능력에 문제가 있는 거죠."

"이야, 이놈이 사람을 사지로 몰아넣고도 한다는 소리가 걸작이네. 내 눈에 흙이 들어가는 일이 있어도 네놈 좋은 꼴은 절대 못 본다."

"소생이야 죽어도 상관이 없지만, 보물지도와 비급은 영원히 찾지 못할 텐데도 괜찮다는 겁니까?"

"꿍! 여기서 보물지도와 비급이 왜 나와?"

"그야 당연하죠. 소생이 지금 죽으면 노선배님이 무슨 수로 그것들을 찾는단 말입니까?"

"어이구, 돌겠네."

二

두두두두!

사두마차 한 대가 산해관 지부에서 나와 빠른 속도로 사라졌다.

마차를 몰고 있는 사람은 뇌강이었지만, 죽립을 깊게 눌러써서 얼굴을 알아볼 수 없었다. 그의 옆자리에는 마혈이 찍혀온몸이 마비된 철패강이 앉아 있었다. 뇌강은 한 손으로는 고삐를 잡고 다른 한 손으로는 철패강의 목에 검을 겨누고 있었다.

'우라질, 내가 왜 이 짓거리를 해야 하는 거냐?'

뇌강은 연신 고삐를 휘두르며 속도를 높여가면서도 자신의 행동을 이해할 수 없었다.

그놈의 보물과 무공비급이 뭔지.

아무리 생각해도 이건 미친 짓이었다.

기무결은 반나절만 달리면 된다고 했지만, 까딱 잘못하면

뒈질 수도 있었다.

하지만 이대로 포기하기에는 지난 한 달 넘게 개고생한 것이 억울해서 견딜 수 없을 것 같았다.

사대호법과 십대장로들은 일단 혼천만겁구절진을 풀고 길을 터서 보내주었지만, 그렇다고 이대로 하북성을 빠져나가도록 지켜볼 리 만무였다.

"으음, 역시 교활한 놈이군."

"대공자를 마차 안에 태울 줄 알았더니 바로 옆자리에 앉혀놓고 검으로 겨눌 줄이야."

일이 더 까다롭게 된 것이다.

이래서는 섣불리 암습을 펼치기도 어려웠다. 만에 하나 마차가 급정거를 하거나 옆으로 크게 기울기라도 하는 날에는 철패강의 목에 검이 박혀들고 말 것이 뻔했다.

"이제 어찌하면 좋겠소?"

"아무래도 마차를 급습하는 일은 어려울 것 같소."

원래 처음 계획은 먼 거리에서 마부를 제거한 뒤 주변에 매복해 있던 수하들이 마차를 덮치는 것이었다. 먼 거리에서의 요격에는 궁수들이, 그리고 주변에 매복할 사람으로는 검술이 뛰어난 고수들이 제격이었다.

하지만 마차가 급정거를 하거나 한쪽으로 기울면 철패강의 목숨이 위험해지기 때문에 사실상 계획은 써보지도 못하고 실패라고 봐야 옳았다.

"이렇게 되면 놈들이 휴식을 취할 때 덮치는 수밖에 없겠군."

마차에서만 내리면 저격을 하든 매복한 고수들이 덮치든 선택을 할 수 있었다.

"마차가 남문대로를 타고 갔으니 아마 당산을 지나칠 것이오."

"흐음. 그렇다면 평원에 들어설 수도 있겠군."

"평원에 들어서기 전에 끝을 내야 하오."

사방이 훤히 뚫린 평원은 매복을 하기에 적당하지도 않거니와 암습 자체가 통할 리 없었다.

"평원까지는 이삼 일 거리로군."

"그 정도 거리면 됐소. 제놈도 인간인 이상 한 번은 쉴 테지."

사대호법과 십대장로들이 서로의 얼굴을 쳐다보며 고개를 끄덕였다.

그들은 길목 곳곳에 궁수단과 고수들을 매복시켰다. 그리고 마차의 뒤를 쫓아가기 시작했다.

풍운무벌의 병력도 그들을 따라 산해관 지부를 떠났다.

남은 건 철위강과 풍운상단의 수하들뿐이었다. 그들은 원래 산해관 지부의 뒤쪽을 지키고 있다가 뒤늦게 사건을 전해 들었다.

"으으, 멍청한 인간 같으니. 온갖 잘난 척은 혼자 다 하더

니 겨우 그깟 놈에게 인질로 잡혀?'

철위강은 제정신이 아니었다.

아마 평소였다면 풍운산장의 차기 장주가 되었다고 환호성을 질렀을 것이었다.

하나 그는 철패강이 준 만성독약을 복용한 뒤로 매일매일 불안에 떨어야 했다. 만에 하나 철패강이 죽으면 그는 만성독약이 발작해서 온갖 고통을 당하다 죽어야 한다.

"아, 안 돼!"

철위강의 얼굴은 사색이 되었다.

혹시라도 사대호법과 십대장로들이 무리한 작전을 펼치다가 철패강이 죽기라도 하면 그 역시 끝장이었다.

그는 풍운상단의 병력을 이끌고 마차를 추격하기 시작했다.

원래대로라면 풍운무벌의 병력이 철수한 이상 그가 풍운상단의 병력과 함께 산해관 지부에 남아야 정상이었다.

하지만 지금 산해관 지부가 중요한 게 아니었다.

"철패강! 죽어도 해독약은 내놓고 죽어라."

철위강은 철패강의 안위 따위는 생각하지도 않았다.

형제애라고는 눈곱만큼도 없었다.

그 시각 기무결과 화은설 일행은 은밀한 곳에 숨어서 바깥 동정을 살피고 있었다.

그들은 처음부터 마차에 타지도 않았거니와 마차 안에는 아무도 없었다. 뇌강은 기무결 행세를 하며 빈 마차를 몰고 있었던 것이다.

사대호법과 십대장로는 마차 안에 아무도 없다는 생각은 꿈에서조차 할 수 없었다.

이는 상식을 뒤엎는 일이었다.

누구나 이 상황에서는 도망치려 한다.

더구나 마차에는 철패강이 타고 있지 않던가?

그래서 더 아무도 의심하지 못했다. 설마 철패강을 미끼로 던져 놓고 다른 곳으로 내뺄 만큼 대담한 자가 세상천지에 있으리라고는 꿈에도 생각하지 못했던 것이다.

화은설과 제갈사란은 조마조마한 마음으로 지켜보고 있다가 철위강마저 풍운상단의 병력을 데리고 철수하자 길게 한숨을 내쉬었다.

"휴우!"

"십 년을 감수했네."

그녀들은 그제야 뇌강이 걱정스러웠다.

풍운산장의 모든 병력이 뇌강을 뒤쫓고 있는 셈이었다.

거기에 사대호법과 십대장로까지 추격하고 있으니 위험천만한 상황이었다.

그야말로 살신성인의 자세가 아닐 수 없었다.

화은설은 원래 뇌강을 좋아하지 않았다. 아니, 정천구룡을

신뢰하지 않았었다.

하지만 자신들을 살리기 위해 기꺼이 사지로 뛰어든 뇌강을 그동안 오해한 것 같아 미안하고 고마워서 눈물을 흘리기까지 했었다.

"호호! 우리 기 마부 대단하죠. 아무리 생각해도 내가 마부하나는 참 잘 둔 것 같다니까요."

화은설이 어깨를 으쓱거리며 제갈사란을 향해 말했다.

'이게 또 자랑질이네?'

제갈사란은 은근히 약이 올라 견딜 수가 없었다.

세상에 마부를 칭찬하는데 질투심이 끓어오를 수 있다는 것을 처음 알았다.

사실 비교가 돼도 너무 비교가 된다. 제갈사란의 마부는 우직한 성격이긴 하나 뱃살이 나온 중년인이었다.

'맹에 돌아가면 아빠에게 마부를 젊고 잘생겼으며 무공도 강한 사람으로 바꿔달라고 해야겠어.'

세상에 이런 마부가 있을 리 없지만, 제갈사란은 단 하나라도 화은설에게 지고 싶지 않았다.

하물며 기무결처럼 머리도 뛰어나고 무공도 강한 마부면 두말할 나위도 없었다.

三

기무결 일행이 진황도에 들어선 것은 정오 무렵이었다.

진황도는 천하에서 가장 발달한 무역항이지만, 마을이 작고 별다른 볼거리도 없었다.

기무결 일행은 쫓기는 사람들 같지 않고 이곳저곳 구경을 다니며 유유자적 즐기고 있었다. 누가 그들이 풍운산장에게 쫓기고 있다고 생각하겠는가?

"진황도에서 배를 타고 산동으로 넘어가면 풍운산장의 추격을 피할 수 있을 겁니다."

마효는 기꺼이 길 안내를 자청했다.

그는 이곳 지리를 누구보다 잘 알고 있기도 했지만, 뇌강이 도망친 육로와는 정반대되는 것이기에 들킬 염려가 없었다.

"그래도 마 당주, 우리를 따라가는 것보다 차라리 지부에 남는 게 더 안전하지 않겠어요?"

화은설은 고맙기도 했지만 마효가 같이 고생할 필요가 없었다.

아마 며칠 안으로 무림맹에서 지원군이 도착할 것이었다.

그녀가 떠난 이상 풍운산장에서 산해관 지부를 공격할 리 없었다.

"소인은 신경 쓰지 마십시오. 비록 나이는 먹어 움직임이 둔해지긴 했지만, 그래도 아직은 팔팔합니다."

마효가 자신의 가슴을 쾅쾅 쳐 보이며 소리쳤다.

그는 이미 무림맹 복귀가 확정된 상태였다. 정천구룡이 약속한 것도 있고, 입찰도 성공적으로 따냈으니 더 이상 산해관 지부에 남아 있을 이유가 없었다.

하지만 기왕 무림맹으로 가는 거 화은설 쪽에 서서 함께 지낼 생각이었다.

그는 화은설의 능력에 크게 감탄한 상태였고, 마부라는 기무결도 왠지 심상치 않아 보였다. 지금은 화은설이 무림맹에서 미미한 존재이고, 세력도 별 볼 일 없지만 언젠가는 크게 성공하리라 굳게 믿고 있었다.

"이제부터 아가씨는 소인이 모시겠습니다."

그렇게 심복 한 명이 탄생하는 순간이었다.

옆에서 지켜보던 제갈사란은 그 모습도 눈에 거슬렸다.

"얼씨구. 대단한 충신이 나셨군. 그게 썩은 동아줄인 것도 모르고 좋다구나 잡는 꼴이라니."

"뭐예요? 썩은 동아줄?"

화은설이 불쾌한 표정으로 제갈사란을 노려보았다.

"언니는 왜 우릴 따라오는 거예요? 이제 풍운산장의 위협도 없어졌으니 이쯤에서 우리 헤어지죠."

"흥! 내가 내 발로 어딜 가든 네가 무슨 상관이야?"

"그래서 계속 우릴 따라오겠다는 거예요?"

제갈사란은 딴청을 피웠다.

"포구가 어디지? 배를 타보기는 처음인데, 혹시 선실도 있나?"

기무결이 고개를 절레절레 흔들었다. 이거야 원, 하루 이틀도 아니고. 화은설과 제갈사란이 말싸움하는 소리에 진황도 전체가 시끄럽게 느껴질 정도였다.

바로 그때였다.

기무결이 갑자기 발걸음을 멈춰 섰다.

"응?"

화은설도 무심코 걸음을 멈추었다가 문득 저 앞에 낯익은 사람을 발견하고 반색했다.

바로 철산호였다.

四

우연이 반복되면 필연이라 했던가?

기무결은 느낌이 좋지 않았다. 철산호는 오래전부터 의도적으로 자신들을 기다리고 있었던 것 같았다.

"우리가 만난 것이 우연이 아닌 것 같군요."

"왜 그렇게 생각하나?"

철산호가 희미하게 웃었다.

"여긴 포구로 향하는 길목입니다. 우리가 배를 타러 간다는 것을 알지 못했다면 결코 이곳에서 기다릴 수 없기 때문이지요."

"후후! 그건 어디까지나 자네의 억측일 뿐이네."

"과연 그럴까요? 우리가 가는 곳을 알고 있었다는 건 산해관 지부에서부터 우리를 지켜봤기 때문에 가능한 일입니다."

기무결은 확신하고 있었다.

하지만, 왜?

당연히 의문이 들었다.

당시 철산호는 평원에서 고기만 먹고 사라졌고, 통성명도 나누지 않았었다.

그런 그가 자신들을 쫓아 진황도에 나타날 이유가 없었다.

바로 그때였다.

갑자기 기무결의 안색이 홱 변했다.

"아! 선배님은 풍운산장의 장주입니다."

왜 진작 그 생각을 하지 못했던 것일까?

사실 철산호를 처음 만났던 상황을 복기해 보면 알 수가 있었다.

당시 기무결과 화은설은 한창 철패강과 철위강 형제에 대해 얘기를 나누고 있었다.

철산호가 그냥 고기만 먹고 간 줄 알았는데, 이제 보니 자신들이 화제를 돌려 다른 이야기를 하자 더 이상 들을 게 없다고 판단한 나머지 떠났던 것이다.

"헛헛! 대단한 추리로군."

이쯤 되자 철산호도 더 이상 인정하지 않을 수 없었다.

"내가 산해관 지부에서부터 따라온 것까지 맞힐 줄은 몰랐네."

어느 정도 예상은 했지만, 기대 이상이었다.

이러니 자신의 아들들이 맥없이 당할 수밖에 없겠다는 생각이 들었다.

그래서 의아했다. 분명 처음 평원에서 만났을 때는 기무결이 마부인 줄 알았다.

하나 그 이후 기무결을 지켜보았지만, 도저히 마부라고 생각할 수 없을 정도로 모든 일을 주도적으로 진행해 나갔다. 열 마리 말을 이용해서 철패강을 인질로 만든 것이나 뇌강을 협박해서 풍운산장의 이목을 다른 곳으로 끌게 만든 것까지.

그는 기무결의 손에 풍운산장이 놀아나는 모습에 기가 막혀 말이 나오지 않을 정도였다.

"자네의 정체가 궁금하군. 정말 마부가 맞는가?"

철산호가 턱짓으로 화은설을 가리키며 한 걸음 앞으로 나아갔다.

한편 놀라기는 화은설도 마찬가지였다.

그녀는 잠시 말문이 막히고 말았다. 철산호가 앞에 있는 것도 모르고 기무결과 함께 철패강, 철위강 형제를 흉보고 욕한 것이 떠올라 얼굴이 붉어졌다.

하나 그것도 잠시.

화은설은 혹시라도 철산호가 달려들까 싶어 검을 뽑아 들고 사람들 앞을 막아섰다.

"가까이 다가오지 말아요."

그녀의 얼굴엔 긴장한 표정이 역력했다.

우선 철산호의 명성이 천하를 진동하고 있는 것도 그렇거니와 그의 몸에서 흘러나오는 기운이 그녀와는 차원이 달랐다.

그녀는 단지 마주 서는 것만으로도 숨이 막힐 정도였다.

'철 장주가 마도십대고수 중 한 명이라더니……'

이건 소문으로 들은 것보다 더 무서웠다.

"좋은 자세로다."

철산호가 그녀의 검식을 보고 가볍게 감탄했다.

하지만 거기까지였다.

철산호는 그녀는 안중에도 두지 않았다.

그는 당당한 풍운산장의 장주라는 체면 때문에라도 후배들을 상대로 먼저 손을 쓰지 않았다. 만약 그렇지 않았다면 그녀는 결코 무사하지 못했을 것이었다.

五

기무결의 얼굴이 심각하게 굳어져 있었다.

도무지 철산호의 심중을 파악할 수 없었다. 번거롭게 여기까지 쫓아올 이유가 있을까?

자신과 화은설이 철패강, 철위강 형제를 흉보고 욕할 때 손을 썼다면 더 편했을 것이었다. 그게 아니더라도 자신이 철패 강을 인질로 삼았을 때 손을 쓰든가, 아무리 늦어도 뇌강이 풍운산장의 이목을 돌려놓기 전에 손을 썼어야 정상이었다.

'그러고 보니 주변에 아무도 보이지 않는군.'

철산호는 혼자서 자신들을 상대할 생각인 모양이었다.

이유가 뭐든 아무래도 상관없다. 철산호가 자신들을 무시 하고 방심할수록 기회가 생길 수 있기 때문이었다.

화은설은 오늘의 형세가 실로 위험천만하다는 것을 알고 있었다. 철산호의 수중에는 아무런 무기도 없었고 편한 자세 로 서 있는 것 같았지만, 그녀는 엄청난 위압감을 느끼고 있 었다. 어딜 공격해도 다 막힐 것 같았다.

"복수를 하려고 찾아온 거라면 내가 상대하겠어요. 기무결 은 내 명령에 따른 죄밖에 없고 다른 사람들은 아무 관련도 없으니 그냥 보내주세요."

"제법 기개가 당찬 아이로구나! 하지만 자네에게는 볼일이 없네."

"흥! 나를 죽이지 않고는 다른 사람들의 머리카락 하나 건 드릴 수 없어요."

"그렇게 말하면 내가 너를 죽이지 못할 것 같으냐?"

"누가 죽음 따위 두려워할 줄 알고? 풍운산장은 정말 형편 없는 곳이에요. 철패강은 음흉하기 짝이 없는 위인이고, 철위 강은 치졸하고 옹졸해서 상종하는 것이 부끄러울 정도죠. 우리가 무얼 잘못했다고 복수를 한단 말인가요?"

"네가 정녕 명을 재촉하는 것이냐?"

철산호가 소매를 흔들었다.

화은설은 가공할 기운이 온몸을 엄습해 오는 것을 느끼고 화들짝 놀랐다.

그녀가 이를 악물고 대항해 보았지만, 가히 불가항력이었다. 그녀의 신형이 옆으로 주르륵 밀려나고 말았다.

"이익?"

화은설이 입술을 깨물었다. 공력의 차이가 확연했다. 더 이상 버티면 내상을 입을 게 뻔했다.

그렇다고 이런 식으로 무기력하게 지고 싶지 않았다. 그건 화씨세가의 재건을 목표로 살아가는 그녀에게 더할 나위 없는 치욕이었다.

"결코 물러나지 않아."

그녀가 재빨리 검을 바닥에 꽂고 철산호의 공력에 대항했다. 내상이야 입든 말든 그녀는 무조건 버티려 했다.

철산호의 눈썹이 꿈틀거렸다.

악바리도 이런 악바리가 없었다.

"흥! 죽고 싶지 않으면 검을 놓아라."

철산호가 한 단계 공력을 높였다.

그와 동시에 반대쪽 팔을 내밀고 기무결을 끌어당겼다.

"헉?"

기무결의 몸이 빠른 속도로 철산호의 품으로 끌려갔다. 공력을 일으켜 저항해 보았지만, 속수무책이었다.

'무, 무시무시한 공력이다.'

자신만 상대하는 거라면 이렇게까지 놀라지도 않았을 것이었다. 철산호는 지금 화은설과 기무결을 동시에 상대하고 있었다.

더구나 화은설은 밀쳐내고 기무결은 끌어당기고 있지 않던가? 원래 한 손으로 사각형을 그리고 다른 한손으로 원을 그리려 한다면 누구도 쉽게 할 수 없는 법이다. 하물며 밀쳐내고 끌어당기는 힘은 전혀 달라서 운기하는 방법 자체가 틀리다.

강호에는 간혹 마음을 둘로 나누고 왼손으로 음의 무공을 펼치고 오른손으로는 양의 무공을 펼치는 사람이 있었다. 결코 흔한 일은 아니었다. 마음을 둘로 나누는 것이 그리 쉬운 게 아니기 때문이었다.

하나 막상 마음을 나누고 오른손으로 검법을, 왼손으로 장법을 펼칠 수 있다면 그 위력은 배가 될 것이었다. 이것이 바로 분심쌍격이라는 것인데, 지금 철산호가 펼치는 무공이 그런 종류에 해당한다. 기무결과 화은설은 두 명의 철산호와 싸우는 꼴이었다.

'으으, 목을 잡히면 끝장이다.'

기무결은 철산호의 손아귀에 목을 잡히기 직전이었다.

그는 더 이상 저항을 하지 않고 오히려 철산호의 공력에 몸을 맡겼다.

살 수 있는 방법은 오직 그것뿐이었다.

순간 그의 몸이 시위를 떠난 화살처럼 빠른 속도로 날아가는 것이 아닌가?

쇄애액!

기무결의 손에는 한 자루의 검이 들려져 있었다.

그는 빠르게 날아가는 속도를 이용해 철산호의 목을 찔러 갔다. 보기에는 간단해 보여도 천무은형잠종대법에 있는 동작이었다. 오로지 상대를 죽이기 위해 모든 불필요한 동작을 없애고 상대의 목을 꿰뚫는 살기등등한 초식이었다.

"홍! 어림없는 수작."

철산호가 가볍게 고개를 젖혀 기무결의 검을 피했다.

그와 동시에 손바닥을 뒤집고 팔을 쭉 뻗어 기무결의 목을 움켜잡아 갔다. 달라진 건 아무것도 없었다. 간단한 동작 두 번에 기무결은 다시금 수세에 몰렸고, 오히려 처음보다 거리만 더 좁혀진 꼴이었다.

"차앗!"

바로 그때, 기무결이 몸을 뒤집고 철산호의 머리 위로 뛰어 올랐다.

"억?"

철산호의 손이 그만 허공을 움켜잡았다.

그가 쭉 내밀었던 팔을 회수하고 기무결을 후려치려 했을 때는 이미 기무결은 저 멀리 도망친 뒤였다. 이는 그조차 예상하지 못했던 동작들로 기무결은 천무은형잠종대법의 검법에 화씨세가의 무공을 가미했던 것이다.

기무결이 검을 찔러간 것은 처음부터 허초였다.

원래 화씨세가의 무공이 실초와 허초를 구분하기 어려운데 거기에 천무은형잠종대법까지 더해져 그 위력이 크게 증폭되었던 것이다.

"놀랍군. 대단한 무공이야."

철산호가 탄성을 터뜨렸다.

그는 눈이 어지러울 정도였다.

단지 기무결은 공력이 부족한 게 흠이라면 흠이었다.

'확실히 탐나는 자로군.'

아무리 생각해도 마부로 썩고 있기에는 아까운 인재였다.

무림맹의 안목이 한심하게 느껴졌다.

철산호가 빙그레 웃었다.

"자네가 본장주의 부탁을 하나만 들어주면 자네 일행을 무사히 보내주겠다고 약속하네."

"예에?"

기무결은 갑작스러운 제안에 멍하니 철산호를 쳐다보았다.

도대체 무슨 꿍꿍인지 어안이 벙벙할 지경이었다.

원래 사람이 선뜻 호의를 베풀어도 믿지 못하는 경우가 있다.

바로 지금이 그랬다.

기무결은 아무리 생각해도 철산호가 호의를 베풀 이유를 찾을 수 없었다. 그가 눈살을 찌푸리며 물었다.

"장주께서 소생보고 죽으라고 하면 어찌하는 겁니까?"

그게 아니더라도 다른 나쁜 일을 시키면 그는 꼼짝없이 할 수밖에 없을 터였다.

"후훗! 그런 일은 없을 걸세. 조금이라도 대의에 어긋나는 일이라면 바로 없던 일로 하겠네."

"흐음."

조건이 너무 좋아도 의심이 들었다.

하지만 분명한 것 하나는 철산호의 얼굴에서 조금의 악의도 찾아볼 수 없다는 것이었다.

그랬다.

철산호는 처음부터 악의가 없었다.

그가 풍운산장의 병력을 데리고 오지 않은 것도 전혀 복수할 의도가 없었기 때문이었다.

사실 자신의 아들들이 못났다는 건 누구보다 그가 더 잘 알고 있는 일이었다. 그래도 이렇게까지 무능하고 못났을 줄은 모르고 있었다. 작은 아들은 부정부패에 뇌물과 협력업체 착

취까지. 거기에 큰 아들은 힘으로 여인과 혼인마저 서슴지 않을 정도니 한심하다 못해 허무한 마음이 들 정도였다.

풍운산장이 비록 마도의 문파라고는 하지만, 그래도 마도 서열 십 위에 드는 곳이었다.

자부심과 명예는 결코 정파의 어떤 문파보다 뒤처지지 않는다.

손속은 매섭고 마음이 독해서 사람들 사이에 공포의 대상이 된다 해도 신의만큼은 생명처럼 여기는 것.

이것이 바로 마도의 자부심과 명예라 할 수 있다.

한데 철패강이나 철위강에게는 그런 모습을 찾아볼 수 없었다. 온갖 불의를 행하며 지탄의 대상이 되고 있으니 이게 양아치지 어찌 일파의 종주라 할 수 있겠는가?

철산호는 풍운산장의 앞날이 심히 걱정될 지경이었다. 자신의 선조들이 힘들게 만들어온 풍운산장이 못난 자식들 때문에 무너지는 모습을 볼 수 없었다.

그에게는 딸이 한 명 더 있긴 있었다.

누구보다 지혜롭고 똑똑해서 가장 마음이 가는데, 선천적으로 몸이 약하고 병을 앓고 있어서 무공을 배운 적이 없었다.

철산호는 기무결을 데릴사위로 삼아 풍운산장을 물려주면 금상첨화라고 생각했다.

이미 자질 검증은 충분히 거친 상태였다. 기무결이 풍운산장에 둘러싸인 상황에서 보여준 배짱하며 속임수와 계략 등등 모든 면이 마음에 들었다. 다만 한 가지, 기무결이 무림맹 소속이라는 것이 마음에 걸렸던 것이다.

"자네를 본장주의 후계자로 삼고 싶은데 어떤가?"

第十一章
분심쌍격

一

　사두마차는 마을 외곽에 버려져 있었다.

　산해관 지부에서 하루 정도 떨어진 곳이었다.

　사대호법과 십대장로들이 마차를 발견했을 때는 온몸이 마비된 철패강만 남아 있고 마차는 텅 비어 있었다.

　"대공자, 이게 어찌 된 일입니까?"

　그들은 기무결 일행이 마차를 버리고 도망친 줄 알았다.

　혈도가 풀린 철패강은 가장 먼저 자신을 따라온 풍운산장의 전력부터 확인했다.

　"으으, 모두 다 따라온 겁니까?"

　"그야 대공자의 안위가 무엇보다 중요하니 당연한 일이

지요."

사대호법과 십대장로들은 뭐가 잘못됐는지 이해하기 어렵다는 표정으로 반문했다.

그때 철위강이 허겁지겁 달려왔다.

"혀, 형님! 죽은 건 아니죠? 죽어서는 안 됩니다."

"너는 여기에 왜 온 것이냐?"

"그거야 형님이 걱정이 되니까……. 해독약! 일단 해독약부터 주십시오."

"이 멍청한 놈아! 지금 해독약이 중요해?"

철패강은 분통을 터뜨렸다.

당해도 너무 완벽하게 당했다.

철위강마저 따라왔다면 산해관 지부에는 아무도 남아 있지 않다는 소리.

자신이 생각해도 한심할 정도였다. 풍운산장이 겨우 한 명에게 농락당한 게 알려지면 천하가 비웃고도 남을 일이었다.

"대공자, 도대체 무슨 일입니까?"

"그 연놈들은 이미 도망쳤습니다. 처음부터 그대들은 빈마차를 쫓아왔단 말이오."

"예에?"

그제야 사대호법과 십대장로들이 소스라치게 놀랐다.

"그, 그럼 그 잡것들은……?"

"당연히 산해관 지부에 남아 있었지요."

"꿍!"

하루 길을 쫓아온 게 겨우 빈 마차였다니.

그들은 황당해서 말이 안 나올 지경이었다. 지금 산해관 지부로 돌아가 봐야 잡기에는 이미 너무 늦은 뒤였다. 풍운산장에 남은 병력들은 마차를 잡기 위해 길목 곳곳에 투입된 상태였기 때문에 아무 짝에도 쓸모가 없었다.

"그래도 아직 한 놈은 남아 있소이다."

"그게 누구입니까?"

"바로 마차를 끌던 늙은이!"

"아! 그자가 노인이었습니까?"

이것마저 감쪽같이 속은 걸 이제야 깨달았다.

하기야 죽립을 눌러써서 얼굴을 알아볼 수 없었지만, 그들은 처음부터 그게 기무결이라고 생각했기 때문에 착각한 것이다.

"우드득! 그 늙은이라도 잡아다 족치지 않으면 평생 분이 풀리지 않을 것이다."

철패강이 뇌강을 떠올리며 이를 갈았다.

"하핫! 장주께선 농담도 잘하시는군요."

기무결은 한바탕 웃음으로 은근슬쩍 넘어가려 했다.

풍운산장의 장주가 되라고?

다른 사람이었다면 덩실덩실 춤이라도 추었을 상황이었겠

지만, 기무결에겐 생각하기도 싫을 만큼 끔찍한 소리였다.

저 멀리 화은설과 영영이 걱정스러운 표정으로 자신을 쳐다보고 있었다.

철산호는 중대한 얘기를 하기 위해 일부러 기무결을 멀찍이 떨어진 곳으로 데려와서 제안을 했던 것이다.

"험험! 방금 그 말 진심으로 하신 건 아니죠?"

"본장주는 평생 농담이라고는 해본 적이 없네."

꿍!

기무결은 말문이 막히고 말았다.

생긴 것부터 고지식하게 보이더니 이젠 아예 사람을 잡을 판이었다. 그렇다고 여기서 뜻을 굽히고 철산호의 제안을 받아들일 수는 없는 노릇이었다.

그의 애초 목적은 보물을 찾고 평생을 떵떵거리며 놀고먹는 것이었다.

풍운산장의 장주가 아무리 대단한 자리라 해도 천하제일거부에는 비할 바가 아니었다. 아니, 어쩌면 고금제일거부가 될 수도 있었다. 돈만 있으면 할 수 있는 것은 뭐든 할 수도 있고, 사람들에게 존경을 받을 수도 있었다. 그까짓 명예는 돈 주고 관직을 사서 얻을 수도 있는데 굳이 힘들게 공부할 필요가 없었다.

하지만 무엇보다 가장 마음에 드는 건 평생 일을 하지 않아도 떵떵거리며 살 수 있다는 것이었다.

이 좋은 것을 겨우 풍운산장의 장주와 바꾸라고?

바보가 아닌 바에야 그걸 할 리가 없었다.

'잠깐. 풍운산장은 마도이고, 무림맹은 정파잖아? 그럼, 풍운산장의 장주가 되면……'

허걱!

기무결은 기겁을 했다.

정파와 마도가 원래 철천지원수처럼 사이가 좋지 않은데, 풍운산장의 장주가 되면 다시는 무림맹 근처에 갈 수 없다는 뜻이었다. 그렇다는 건 천하제일의 거부도 포기해야 한다는 뜻이기도 했다. 기무결은 필사적이었다.

"아무래도 뭔가 오해가 있는 것 같습니다. 소생은 일개 마부이지 장주께서 생각하는 것처럼 그리 대단한 사람이 아닙니다."

"아주 의외로군. 천하에 풍운산장의 장주를 마다할 사람이 있다는 생각은 꿈에도 해본 적이 없거늘……"

"무, 물론 장주님의 호의는 고맙지요. 하지만, 옛말에도 송충이는 솔잎을 먹고 살아야 한다는 말도 있지 않습니까?"

"그래서 끝까지 본장주의 제안을 거절하겠다는 건가?"

철산호가 무서운 눈빛으로 화은설과 제갈사란 등을 쳐다보았다. 기무결이 어떻게 대답하느냐에 따라 당장에라도 그녀들에게 손을 쓸 기세였다.

"자, 잠깐! 이건 약속하고 다르지 않습니까?"

"내 말 어디가 대의에 어긋난다는 것인가?"

딱히 꼬투리 잡을 게 없긴 했다.

풍운산장의 장주가 되라는 말이 대의에 어긋날 이유가 없는 것이었다.

하지만, 기무결이 누군가?

본디 사기꾼에 거짓말 백단이 바로 기무결이었다.

"당연히 대의에 어긋나니 하는 말입니다. 소생은 당당한 무림맹 소속인데, 풍운산장의 장주가 되라는 건 정파에서 마도로 갈아타라는 것이 아닙니까? 아무리 목숨이 경각에 이르렀다고 해서 대장부가 신념을 꺾을 수는 없는 법이죠."

"허! 자네의 신념이 그리 굳건한 줄 몰랐군. 한데 자넨 마부 아닌가?"

"마, 마부는 뭐 사람 아닙니까? 제가 비록 지금은 마부로 살고 있지만, 무림맹 소속이라는 걸 언제나 자랑스럽게 생각하고 있답니다."

기무결은 속으로 회심의 미소를 지었다.

신념이라니, 자신이 생각해도 낯간지러운 소리였다.

하지만 아무려면 어떤가?

자신이 우기면 없던 신념도 생길 수 있는 법이다.

'클클! 이제 끝난 건가?'

철산호 신분에 약속한 것이 있으니 더 이상 자신들을 붙잡아둘 수는 없을 터였다.

그러기에 상대를 봐가며 덤볐어야지.

사실 자신이 아니었다면 이 어려운 난제를 이렇게 간단하게 끝내긴 어려웠을 것이었다. 역시 이놈의 거짓말과 속임수는 누구도 따라올 수 없었다.

그때 철산호가 기무결을 쳐다보며 빙그레 웃었다.

"자네의 뜻은 잘 알았네. 한데 말이야! 궁금한 게 하나 있는데 자네의 신념이 그리도 굳건한데 어찌 무공은 살수천자의 천무은형잠종대법을 쓰는 것인가?"

컥!

기무결은 자신의 귀를 의심했다.

"지, 지… 금 무, 무슨 말을 하는 겁니까? 처, 천무은형잠종대법이라니요?"

"시치미를 떼려 해도 소용없네. 자네가 패강이를 인질로 잡을 때 사용한 무공이 천무은형잠종대법의 풍형 아닌가?"

"그, 그건……."

기무결의 눈이 휘둥그레졌다.

풍형이란다.

그는 멍한 표정으로 철산호의 얼굴을 쳐다보았다.

二

등가촌은 북서쪽에 위치한 조그만 마을이었다.

평화로운 마을에 뇌강이 터덜터덜 마을로 들어선 것은 해가 서쪽으로 지기 직전이었다.

붉게 물든 노을 아래 드러난 그의 모습은 꼴이 말이 아니었다. 머리는 온통 봉두난발에 먼지까지 잔뜩 묻어 있었고, 옷은 갈기갈기 찢어져 누더기가 되어 있었다. 신발도 한쪽만 있고, 다른 한쪽은 언제 벗겨졌는지 맨발 상태였다.

하지만 무엇보다 압권은 탐스럽게 흘러내린 은빛 수염이었다. 지금은 절반이 싹뚝 잘려져 나가 우스꽝스러운 모습을 연출하고 있었다. 거지도 이런 상거지가 없었다. 더구나 수염 모양마저 이상해서 등가촌 백성들은 정신이 온전치 못한 노인으로 오해할 정도였다.

마을 사람들이 그를 경계했다.

엄마들은 아이가 혹여나 뇌강에게 다가갈까 두려워 단단히 단속을 했고, 상점의 주인들은 해가 지지도 않았는데도 약속이나 한 듯 문을 닫았다.

뇌강은 화를 낼 힘도 없었다. 그의 몸은 천근만근 바닥에 널브러져 잠을 자고 싶은 심정이었다.

하나 언제 풍운산장에서 쫓아올지 몰라 잠시도 쉴 수가 없었다.

"어이구, 그 개자식을 만나고 난 이후 매일 일상이 이 꼬라지네."

그는 지난 며칠 동안 풍운산장의 추격을 피한다고 죽음의

문턱을 몇 번이나 넘었는지 몰랐다. 간신히 그들의 추격을 뿌리치고 도망쳐 등가촌에 이르긴 했지만, 원래 가려던 방향과는 정반대 방향으로 접어들고 말았다.

"뭐? 반나절만 마차를 몰고 갔다가 도망치면 쫓아오지 못할 거라고?"

에라, 쌍!

들을 놈 말을 들었어야지.

순진하게 기무결의 말을 들은 자신이 바보 천치였다.

마차를 버리고 난 이후 풍운산장은 전 병력을 다 투입해서 그를 쫓아오고 있었다. 아마 그의 능력이 조금만 더 부족했어도 벌써 황천길로 갔을 터였다.

"내 이놈의 자식을 만나기만 해봐. 이젠 보물이고 나발이고 아작을 내고 말테다."

그때였다.

언제 쫓아왔는지 풍운산장의 수하들이 그를 발견하고 소리를 질렀다.

"저쪽이다."

"놈이 동쪽으로 도망치고 있다."

뇌강은 기겁했다.

이젠 정말 엉엉 통곡하고 싶은 심정이었다.

"어이구, 많이도 몰려왔네."

사람이 이래서 미치는지도 몰랐다.

도망칠 힘도 없는데 또다시 적진을 뚫고 도망칠 생각을 하니 눈앞이 까마득해졌다.

三

늙은 생강이 맵다더니 철산호가 딱 그랬다.

기무결은 자신이 판 함정에 자신이 걸려든 꼴이었다.

신념이고 나발이고 철산호가 천무은형잠종대법을 알아본 이상 그 어떤 변명이 필요하단 말인가?

"그럼, 본장주의 제안을 받아들인 것으로 알겠네."

씨익!

승리의 미소를 지은 사람은 바로 철산호였다.

"도대체 소생과 무슨 억하심정이 있다고 하기 싫다는 사람에게 억지로 풍운산장주의 자리를 권하는 겁니까?"

그것도 아들이나 두 명씩이나 있으면서 말이다.

"자네의 기개가 마음에 들었다고나 할까? 내 아들놈들이 자네의 반만 닮았어도 이렇게까지 걱정하진 않았을 게야."

철산호의 눈빛이 흐려졌다.

문득 그의 눈동자에 녹색 광채가 어른거렸다.

기무결은 흠칫거렸다.

'극독에 중독이 되었다.'

묘강에는 온갖 기독과 고독들이 전해져 오는데 그중에서

가장 지독한 것을 꼽으라면 단연 녹혈무형고였다. 무림에서는 오대극독으로 통할 정도로 그 위력이 가공하기 짝이 없었다. 어쩌면 당연한 일이었다. 모든 독에는 해독약이 있는데 반해 녹혈무형고는 아직까지 해독약이 없었기 때문이었다. 아니, 찾아내지 못했다는 것이 더 옳은 표현이었다.

한 번 중독이 되면 공력으로도 태워 죽일 수가 없었고 서서히 뇌가 썩어 들어가 마침내는 미치광이가 되거나 죽음에 이르는 무서운 고독이었다.

그렇다고 여기에 대비하기도 어려웠다.

녹혈무형고는 냄새도 없고, 인간의 눈에는 거의 보이지 않을 정도로 작아서 거의 무형지독이나 마찬가지였다. 눈동자에 녹색 광채가 어른거렸다면 이미 고독이 뇌에까지 이르러 절대 치료가 불가능한 상태라는 뜻이었다.

"후후! 녹혈무형고를 알아본 모양이군."

"그럼 정말 녹혈무형고에 중독이 된 겁니까?"

기무결도 노는 바닥이 시정잡배들 틈이라 우연히 들었을 뿐이지 본 것은 지금이 처음이었다.

철산호가 가볍게 고개를 끄덕였다.

"누군가 풍운산장을 집어삼키려 하고 있네."

솔직히 믿기 어려운 소리였다.

누군가 풍운산장을 집어삼키려 한다고?

상식적으로 천하에 풍운산장을 집어삼킬 수 있는 능력을 가진 자가 존재할 리 없었다.

풍운산장은 마도 서열 십 위이고, 하북성을 평정해 천하에 적수를 찾기 어려웠다. 무림맹이라도 쉽게 풍운산장을 넘볼 수 없었다.

그렇다고 철산호가 농담을 하는 것 같지는 않았다.

철산호가 녹혈무형고에 중독된 것을 보면 풍운산장에 변고가 생긴 건 확실해 보였다.

"믿기 어려운 모양이군. 하긴, 누군들 쉽게 믿을 수 있겠나?"

철산호가 한숨을 내쉬었다.

당장 자신도 믿기 어려운 일이었다.

그는 매사에 철두철미한 성격이었다.

평상시에도 약간의 긴장을 하고 지내는 것이 무인의 숙명이었다.

때문에 밥을 먹을 때나 물을 마실 때에도 조금이라도 이상한 기운이 느껴졌다면 바로 눈치챘을 것이었다.

"흐음. 그렇다면 누가 독을 풀었는지 짐작 가는 사람도 없습니까?"

"부끄러운 일이지만, 어떤 경로로 중독이 되었는지도 모르고 있다네."

그래서 답답하고 두려운 일이었다.

간세들의 정체를 알 수가 없었다. 풍운산장에 간세가 침투한 것은 분명한데, 얼마나 많은 자가 들어와 어디까지 잠식당해 있는지는 모르고 있었다.

최근 들어 녹혈무형고의 기운이 점점 강해지고 있었다.

지금까지는 분심쌍격의 수법으로 공력을 둘로 나누어 한편으로는 일상생활을 하면서도 한쪽으로는 녹혈무형고의 기운을 억누를 수 있었다.

하지만 앞으로는 전력을 기울여 녹혈무형고의 기운에 대항하려 해도 어려울 것 같았다.

그래서였다. 철산호는 자신의 목숨이 얼마 남지 않았다는 것을 직감하고 후계자를 서둘러 정하려고 했다.

'세상에.'

기무결에겐 들을수록 놀라운 이야기였다.

천하에 풍운산장을 집어삼키려는 세력이 진짜로 존재할 줄은 꿈에도 생각할 수 없었던 것이다.

철산호와 직접 손속을 교환해 본 기무결이기에 그의 공력이 얼마나 깊고 가공스러운지 잘 알고 있었다.

한데 그런 그가 녹혈무형고에 중독이 되었고, 범인이 누구인지조차 모르고 있다면 상황이 생각보다 심각하단 뜻이었다.

'자신의 사후 풍운산장의 미래를 걱정하는 것도 무리는 아니군.'

언뜻 철산호가 자신에게 강요하는 것을 약간이나마 이해

할 수 있었다.

"아직 내가 중독된 것은 아무도 모른다네."

그의 두 아들은 물론이고 사대호법과 십대장로들도 모르고 있었다.

그래야 풍운산장에 침투한 간세들이 초조한 나머지 모습을 드러낼 것 같았기 때문이었다.

하지만 철산호의 계획은 실패로 돌아가고 말았다. 간세들은 무척 조심스럽고 의심이 많아서 좀처럼 실수를 하거나 모습을 드러내지 않았던 것이다.

"으음."

기무결도 고개를 끄덕였다.

나름 괜찮은 생각이긴 했지만, 간세도 만만치 않은 자들이라는 것이 느껴졌다.

"그럼, 소생보고 풍운산장의 장주가 되라는 건……?"

"자네가 생각하는 대로일세. 풍운산장을 집어삼키려는 자들에게서 풍운산장을 지키는 것이 가장 첫 번째 임무라네."

그의 두 아들은 그런 의미에서 불합격이었다.

자고로 팔은 안으로 굽는다고들 하지만, 그의 두 아들은 도무지 믿음이 가지 않았다.

"끙! 그게 말이 될 리가 없지 않습니까? 장주께서도 당했다면 소생은 두말할 나위도 없다구요."

기무결이 펄쩍 뛰었다.

이건 차라리 자신보고 죽으라고 하는 것이나 마찬가지였다.

풍운산장을 집어삼키려는 자들이다.

당연히 그들의 힘과 세력이 얼마나 강할지는 세 살 먹은 어린아이도 짐작할 수 있는 일이었다.

철저히 정체를 숨기고 암중에서 독수를 쓰는 자들과 싸우다 골로 가기 십상이었다.

"소생도 도와드리고는 싶지만… 풍운산장과 아무 연고도 없는 소생이 갑자기 장주가 되면 간세들이 의심을 하지 않을까요?"

그럼 더욱 꽁꽁 숨어버릴 수도 있었다.

"그건 걱정하지 말게. 이미 생각해 둔 것이 있으니 말이네."

철산호가 빙그레 웃었다.

四

제갈무외는 오 일 밤낮을 쉬지 않고 달려서 산해관에 도착할 수 있었다. 그의 뒤로 정천칠룡이 따르고 있었다. 그들은 수천 리가 넘는 거리를 불과 오 일 만에 내달린 셈이었다. 가히 인간의 한계를 뛰어넘은 것이다.

하지만 그들은 절망하고 말았다.

오 일이란 시간은 너무 늦은 뒤였다.

이 정도 시간이면 어지간한 문파도 버티기 어려웠다.

하물며 산해관 지부는 무림의 문파가 아니지 않던가?

단 하루만 버텨도 기적이라 할 수 있었다. 제갈사란이 살아 있을 확률은 아예 없다고 봐야 옳을 것이었다.

하나 이게 웬걸?

산해관에는 지금 이상한 소문이 돌고 있었다.

―혼천만겁구절진이 한 사람에 의해 무너졌다.

―누군가 사대호법과 십대장로의 포위망을 뚫고 철패강을 사로잡았다.

누구의 입을 통해 시작된 소문인지는 모르지만, 사람들은 처음엔 아무도 믿으려 하지 않았다.

혼천만겁구절진은 소림사의 나한진에 필적할 만큼 대단한 것으로 결코 한두 사람이 상대할 수 있는 것이 아니었다.

더구나 풍운산장의 사대호법과 십대장로가 누군가?

개개인의 공력이 극강에 이른 무서운 고수들이었다.

무림맹의 맹주 제갈무외나 마황성의 성주라 할지라도 단신으로 그들의 포위망을 뚫고 들어갔다 나오는 건 결코 쉽지 않다는 것이 대부분의 중론이었다.

정상적이라면 산해관 지부는 싸그리 죽었어야 했다.

한데 모두 무사했고, 지부의 처마 하나 부서진 곳이 없었다.

그에 반해 풍운산장은 온 병력을 동원해 누군가를 추적하고 있다는 사실이 알려지면서 북경과 하북성의 무림이 발칵 뒤집어졌다.

"그럼 소문이 사실이었단 말이야?"

"천하에 누가 있어 혼천만겁구절진을 무너뜨리고 사대호법과 십대장로의 포위망을 뚫고 철패강을 사로잡을 수 있는 거지?"

"소문에는 마부라는 말이 있던데, 그것도 사실일까?"

"쯧쯧, 말이 되는 소릴 하게. 무슨 마부의 무공이 천하제일이란 말인가?"

하도 어이없는 말에 사람들은 실소를 터뜨리고 말았다.

일각에서는 제갈무외가 한 일이라는 소문이 퍼지기도 했지만, 정작 제갈무외는 어이가 없었다.

그는 제갈사란이 무사하다는 말에 안도의 한숨을 내쉬었다.

하나 마부가 구했다느니 하는 소문을 전적으로 믿을 수가 없어서 제갈사란의 얼굴을 보기 전까지는 마음을 놓을 수가 없었다.

제갈무외와 정천칠룡은 곧장 산해관 지부로 향했다.

산해관 지부에는 십여 명의 사람이 남아 있었다. 대부분 나이가 많은 노인으로 그들은 기무결 일행을 따라가지 않고 지부에 남아 있었던 것이다.

"그러니까 정말 화은설의 마부라는 자가 혼천만겁구절진을 무너뜨리고 철패강을 인질로 삼아 도망쳤단 말인가?"

"사실입니다요, 맹주님!"

"저희가 두 눈으로 똑똑히 보았다니까요."

소문을 퍼뜨린 사람들은 바로 그들이었다.

그들은 자신들이 본 것을 그대로 말했을 뿐이지만, 대부분 사람의 반응이 거짓말로 생각한다는 것이었다.

하지만 제갈무외는 가볍게 흘려듣지 않았다.

"누구 마부라는 자에 알고 있는 사람 있소이까?"

그가 정천칠룡을 쳐다보았지만, 누구도 기무결에 대해 아는 사람이 없었다. 마부에 관심을 둘 만큼 기무결이 어설프게 행동한 적이 없었기 때문이었다.

五.

인생이 꼬이려니 별게 다 말썽이었다.

기무결은 가급적 풍운산장을 멀리 해도 부족한 판국이었다. 아니, 어떤 식으로도 풍운산장과 엮여선 안 되는 일이었다.

한데 철산호는 기무결을 데릴사위로 삼고 풍운산장을 물려주려고 작정한 것이다.

그는 이번 기회에 기무결을 무림맹과 완전히 떼어놓을 작정이었다. 다시 돌아갈 곳이 없어야 더 이상 미련 둘 곳도 없을뿐더러 풍운산장에 더 집중할 수 있기 때문이었다. 기무결에게는 그야말로 청천벽력과도 같은 소리였다.

"그, 그러니까 지금 소생보고 장주의 따님과 결혼을 하라는 겁니까?"

"왜 뭐가 잘못됐나?"

"따, 따님 인생이 달린 일인데, 진짜로 결혼을 하라구요?"

"그럼, 결혼에 가짜도 있나?"

무리한 일이라는 건 철산호도 알고 있지만, 사실 결혼밖에는 간세들의 의심을 피할 수 있는 방법이 없었다. 기무결은 다급한 나머지 자신이 원래 문서 위조꾼이라고 말할 뻔한 것을 가까스로 참았다.

"본장주의 생각에는 자네와 군아가 태중혼약을 한 사이라고 하는 게 가장 자연스러울 것 같네."

"으으, 결혼이 무슨 애들 장난도 아니고. 사랑도 없는 결혼을 할 수는 없습니다."

"그럼 몇 번 만나서 충분히 정을 쌓은 뒤에 결혼을 하면 되겠군."

이 정도도 철산호로서는 크게 양보한 셈이었다.

생각 같아서는 모든 과정을 생략하고 당장에라도 기무결에게 장주의 자리를 물려주고 싶은 생각이었다.

'미쳤어.'

기무결은 도저히 철산호가 정상으로 보이지 않았다. 혹시 딸이 엄청난 박색이거나 지능이 낮거나 하는 게 아닌가 싶은 생각이 들 정도였다.

"만약 따님께서 소생과 결혼을 하지 않겠다고 하면 어쩝니까?"

"그런 일은 없어야겠지. 자넨 무조건 군아의 환심을 얻어서 어떻게든 결혼을 하게."

"아니, 결혼 자체를 못하겠다는 사람에게 따님의 환심을 얻어서 결혼하라는 게 말이 됩니까?"

"듣다 보니 점점 기분이 나빠지려고 하는군. 자네 눈엔 풍운산장이 그리 우스워 보이는가? 군아로 말하자면 선천적으로 병약한 게 흠이지 마도이화 중 한 명으로 아름답기가 하늘의 선녀 같은 아이일세."

그가 중독만 되지 않았어도 이렇게까지 무리하게 밀어붙이는 일은 없었을 것이었다.

하나 지금은 풍운산장의 미래가 달린 일이었다.

그의 목숨은 얼마 남지 않았고, 간세들은 여전히 오리무중인 상태였다.

게다가 철패강과 철위강은 욕심만 많고 어리석어서 풍운산장을 맡길 수 없었다.

"자네가 계속 고집을 부리면 나도 생각해 둔 것이 있네."

그는 도저히 기무결이 빼도 박도 할 수 없는 결정적인 패를 가지고 있었다.

"서, 설마?"

"흐흐, 왜 아니겠나? 살수천자에게는 이대기보가 전해져 내려오지. 하나는 비급이고 두 번째는 보물지도인데……. 자네가 천무은형잠종대법을 익히고도 무림맹에서 마부로 있었다는 것이 알려지면 사람들은 뭐라고 생각할까?"

컥!

기무결은 피를 토하고 싶은 심정이었다.

그것만은 절대 말해선 안 되는 일이었다.

보물이 무림맹에 묻혀 있다고. 보물을 구경도 하기 전에 천하의 모든 사람이 몰려들게 만들 수는 없었다.

그때, 철산호가 인심을 쓰듯 말했다.

"보물은 자네가 갖게. 어차피 자네에게 풍운산장을 물려주려는 마당에 보물이 무슨 상관인가? 대신 본장주의 약속을 충실히 이행해 줘야겠네."

자, 이제 어쩔 거냐?

철산호가 그런 눈빛으로 기무결을 쳐다보았다.

그것으로 끝이었다.

"으아악!"

기무결은 머리를 쥐어뜯었다.

그림의 떡도 이런 그림의 떡도 없었다.

보물지도가 있어도 아무짝에 소용이 없었고, 심지어는 보물이 묻혀 있는 장소까지 알고 있는데도 이 모양이었다.

"으으, 이유나 압시다. 도대체 소생의 무얼 믿고 풍운산장을 맡기려는 겁니까?"

기무결은 이제 막나가기 시작했다.

"클클! 자네의 그 능수능란한 사기술과 거짓말이라고나 할까? 패강이와 위강이를 상대하며 사용했던 수법은 이미 모두 전해 들었네."

음지에 숨어 있는 자들을 찾아내기에는 기무결만 한 적임자가 없었다.

물론 명석한 두뇌와 빠른 임기응변, 그리고 풍운산장을 앞에 두고도 굴하지 않은 기개도 마음에 들었다.

"하지만 단 한 가지. 자넨 초식은 훌륭할지 몰라도 지금의 공력으로는 결코 그들을 상대할 수 없네."

"예에?"

"이제부터 본장주의 분심쌍격을 전수해 주겠네."

시간이 그리 많지 않았다.

가능한 짧은 시간에 많은 것을 가르쳐 주려면 지금부터 시작해도 부족했다.

『왕후장상』 3권에 계속…

The Record of Dragon's Return
재중 귀환록

푸른 하늘 장편 소설
FUSION FANTASTIC STORY

『현중 귀환록』, 『바벨의 탑』의
푸른 하늘 신작!
이계를 평정한 위대한 영웅이 돌아왔다!

어느 날 갑자기 찾아온 부모님의 죽음.
그리고 여동생과의 생이별.
모든 것을 감당하기에 재중은 너무 어렸다.
삶에 지쳐 모든 것을 포기할 때, 이계에서 찾아온 유혹.

"여동생을 찾을 힘을 주겠어요.
…대신 나를 도와주세요."

자랑스러운 오빠가 되기 위해!
행복한 삶을 위해!

위대한 영웅의
평범한(?) 현대 적응이 시작된다!

Book Publishing CHUNGEORAM

유행이 아닌 자유추구 -
WWW.chungeoram.com